「勇者を、暗殺ですか。私が？
無理ですよ、勇者ですよ？」
「いいや、君には勇者を誘惑し、
骨抜きにして貰おうと思う。
彼はきっと胸の大きな女性は好みでは
ないのだろう、だから――」
殺しますね」

鮮血のヴァイス
嘗て勇者と呼ばれた伝説の傭兵。エルシオンの師匠でもある。
魔王殺しのエルシオン
魔王を討ち、新たに勇者となった傭兵。アリシアの暗殺対象。
白狼将軍
天の牙と呼ばれる元魔王軍の幹部。魔王の仇であるエルシオンを憎んでいる。

昼行灯のサラマンリウス

七大枢機卿の一席を担うアリシアの直属上司。アリシアにエルシオンの暗殺を命じた張本人。

神々の花嫁アリシア

多重奏者の異名を持つ異端審問官。暗殺目的でエルシオンに近づく。

異端のカーム

教会に従わない神々の狂信者。アリシアの才能に心酔している。

「こんなのって……アリですか……？」
魔王を討った勇者は、
私が籠絡し、暗殺しなければならない相手は、
――私とそう歳の変わらない〝女の子〟だった。

勇者殺しの花嫁 I

- 血溜まりの英雄 -

葵依幸

HJ文庫
1137

口絵・本文イラスト　Ｅｎｊｉ

Contents

The Hero's Killer Bride

乾燥した空気に、喉が、酷く痛んだ。

慣れ親しんだ景色は紅く染まり、嘗ての同胞たちは小鳥の囀りのような音を立てて燃え続けていた。


どうして、何故――……。


そのような事を、考えるまでもなく理由は明確だ。

それでも受け入れがたい現実を前に私の頭は麻痺し続ける。

何かを探し求めるかのように、私は彷徨い歩き、――そうして、その亡骸を見つけた時、自分が何を畏れ、何を探し求めていたのかを思い知った。

震える指で抱え上げた身体は、しかし、それだけで崩れ落ち、吹き抜ける風は我が子を嘲笑うかのように連れ去って行く。


私には、何も、残されてはいなかった。

守ると誓った家族も、仲間も、未来も。

全ては炎の中へと消えていく。

どれほど怒りにこの身を震わせようとも、どれほど怒りにこの喉を昂らせようとも。

私には、何も――。

「　　　　　　」

叫び、見上げた空には奪われて行った者共の嘆きが渦巻いていた。

「嗚呼ァ……」

分かっている。何をすべきかなど、それこそ、考えるまでもない。

遠く、私から全てを奪い取っていった者共の声が聞こえていた。

失ったものは返っては来ない。

奪われた命は、二度と戻る事はない――。

ならば、私は、

私たちは、

1

「勇者を、暗殺ですか。私が？　無理ですよ、勇者ですよ？」

神のお導きというものはいつだって無理難題を押し付けてくるものだが、今夜のそれは度を越えていた。魔王討伐に成功した勇者様の首を私一人で取ってこいとか、これを書かせた馬鹿は異端審問すっ飛ばして処刑台送りにしたって文句は言われないだろう。

「七大枢機卿のほぼ全員がこの議案に賛同した。その意味が分からないわけではないだろう？　異端審問官アリシア？」

断れば、私が異端審問会送りという事だ。

「はーっ、……全員死ねばいいのに」

「こらこら、神々の御前でそんな」

そのヘラ笑いを浮かべる眼鏡目掛けて経典でも投げつけてやろうかと思ったが流石にそれはぐっと堪えた。言われなくとも神の御前だ。幾らムカつく上司相手だと言ってもやって良い事と悪い事の区別ぐらいつく。仮にも教皇様に次ぐ権力者、七大枢機卿が一人で在らせられる――。だから「死ね!!」「あはーっ……？？」

思いっきりその顔目掛けて書類を投げ返してやるにとどめた。

「……ていうか、可愛（かわい）い部下に何て仕事押し付けてんですか。反対してくださいよ」

「反対はしたよ、反対は。譲歩案（じょうほあん）も幾つか出したし、性急過ぎやしませんかーって」

そう言って辺り一面に散らばる神託（しんたく）と勇者にまつわる調査報告書を掻（か）き集める馬鹿眼鏡。

「だけどね、いつまでも僕（ぼく）だけが反対してちゃ角が立つじゃないか」

うん。マジ死んで欲（ほ）しいです、この上司（バカ）。

私は天を仰（あお）ぎ、聖堂に祀（まつ）られる七体の神々を見上げる。

私は神託に従い、異端（いたん）の疑いが掛（か）けられている人物へと接触（せっしょく）して処分する。それが私に神々から与（あた）えられた役割であり仕事だ。無論、神々の決定を覆（くつがえ）せるような権限は私には無く、そもそも背（そむ）くような意思すらない。

……無いのですけども、せめて納得（なっとく）ぐらいはさせて欲しい。

「そもそも、今回の議案は〝彼（か）の勇者（えいゆう）を聖人として教会に迎（むか）え入れるか否（いな）か〟だったはずです。聖人認定（にんてい）から異端認定（いたんにんてい）だなんて、些（いささ）かアクロバティック過ぎやしませんか？」

教会がそれまでの政策をひっくり返す程（ほど）の緊急（きんきゅう）事態ともなると――……。

「まさか、〝彼自身が魔族（まぞく）である可能性が浮上（ふじょう）した〟とでも？」

彼が勇者と呼ばれ、英雄（えいゆう）として扱（あつか）われるに至った理由（ワケ）――。

それは単身で能力的に遥かに人類よりも優れている魔族を数多く屠り、更に単身でそれらを束ねる〝魔王〟の首を持ち帰った事に起因する。

長きにわたる人類史の転換点。人類が初めて、魔王を討ち滅ぼした歴史的快挙――。

しかし、それを疑う声は当然あった。

――本当に〝コレ〟は魔王の首なのか。本当に彼が、魔王を殺したのか――。

仮に偽の魔王の首を手土産に内側から瓦解させるとかそういう計画だとしたら、

「あー……。……まぁ、平たく言えば嫉妬だね」

「…………は？」

散らばった書類を拾い集め終わった上司は、薄っぺらい作り笑いを浮かべていた。

「このままだと王室や教会の権威を脅かしかねないと〝神々が〟判断したんだよ」

「あー……、……なるほど」

差し出された書類を大人しく受け取りながら納得がいった。

いつも通り、反吐の出そうな理屈だ。

既に辺境の地では〝勇者教〟だなんて派閥も生まれ始めているとか聞いたことがある。

「全く以って頭が痛いよ。魔王が討たれたからと言って魔王軍が消滅した訳じゃないのに。

ほら、今だってみんな出払ってるでしょ？」

やけに聖堂内が静かだなーとは思っていたけれど、そういう……？

「……というか、私が此処で待機を命じられていたのって――」「ご名答！　この仕事を君に押し付ける為さ！　いやぁ、出来る部下を持つと枢機卿嬉しいなぁっ！」

一人称が〝枢機卿〟だなんて枢機卿初めてですよ。

――ていうか、いま、〝押し付ける〟って言いましたか、この馬鹿。

「こんなにおいしい案件、他の執行官に取られちゃ勿体ないからね。良かった良かった」

「良くないですよ。命を張るのは私じゃないですか。そうやって無理難題押し付けてばかりいるとそのうち天罰が下りますよ？」

「その時が来れば甘んじて受けるつもりさ？」

「あ、そうですか」

何なら私が下して差し上げましょうか？　神々の代理人として。

「なにか、すごーく物言いたそうだけど、平気？」

「気のせいですよ」

何か言いたいんじゃなくて、蹴り飛ばしたいのですもの。

「ちなみに姫様を差し出して、王室に迎え入れる計画もあったそうなんだけど、それは失敗したそうだ」

「お姫様、そんなに醜かったですっけ？」

王都はここから離れているし、直接お会いしたことはないけど。へー。

「馬鹿言っちゃいけないよ。彼女は絶世の美女とまではいわないけれど、普通にお綺麗だし品格も申し分ない。それに君よりかは胸もあるしね」

――あ、殺す。この上司、殺して良い奴だ。

「他にも〝東洋の巫女姫〟、〝南海の御令嬢〟といった名だたる面々が彼のハートを射止めようと出張ったらしいんだけど、その尽くをお断りしたんだってさ。男なら私財を投げうってでも一晩を共にしたいと思う美女達をね」

「私的には、女を物扱いするアンタらこそ天罰れろって感じなんですけど」

まぁ、女の身分が低いのは今に始まった事でもないし今更と言えばそれまでなのだけど。

「だからって、強硬手段とは、なんとまぁ……」

手のひらくるっくるですね。

「否定はしない」「したら殴り飛ばしていた所ですよ」

勇者暗殺ねぇ……？

気乗りはしない。しないが――、……まぁ、仕方がない。

しかし、そうなって来ると問題なのはその勇者の特質だ。

「本当に、……刃物は、刺さらないんですか」

噂には聞いていたが、資料によるとそれは本当らしい。

英雄に与えられし神々の寵愛。一切の刃物を弾く〝神々の加護〟――。

寝込みを襲っても失敗って、なにそれ。凄すぎ。

「なにか弱点でも？」

ページを読み進めていくが暗殺失敗の経緯と、女性遍歴が記されているばかりでこれと言って突けるような点が見当たらない。記されているのは人間とは思えない対魔族戦での戦績で、彼の上げた二つ名付きの首の数は数え切れない。

元々謎の多い人らしいけど、出生すら記されておらず――、……そうなるともはやこれは調査資料とは呼べないのでは？　調査官は仕事を何だと思ってるのだろう。殺すぞ。

「で、どうしろと？　力技には自信ありませんよ」

流石に無策で部下を送り出すアホではないと思いたい。

が、アホは耳元で嬉しそうに囁いた。

「愛には愛、だよ♡」

「うわ……」

気持ち悪ッ……。

「……なんか、素の反応って割とショックなんだけど……」

「失敬。本気でキモかったので。……で、なんですって？」

「あ……、うん。……でね、えーと……」

私から資料を受け取ったクソ眼鏡はようやくお目当ての物を見つけたらしく数枚の資料を手に取ると残りの報告書は宙に投げ捨て、声高らかに宣言した。

「名付けて〝勇者楽園計画（ハーレムプロジェクト）〟！　君には勇者を誘惑（ゆうわく）し骨抜（ほねぬ）きにして貰（もら）おうと思う！」

「………………へぇー……」

聖堂内に響（ひび）き渡（わた）る薄ら寒（さむ）いネーミング。

仮にも、魔王を討った勇者相手に、その手の輩（やから）の色仕掛（いろじか）けが失敗したというのに、色仕掛けを仕掛（しか）けろと。この、私（わたくし）に。異端審問官である前に〝神々の花嫁（シスター）〟であるこの私（わたくし）に。

散々胸が無いだの愛嬌（あいきょう）が足りないだのセクハラ紛（まが）いのパワハラを吹っ掛けておいて、一手間違（まちが）えば国の英雄が敵になるかもしれないという局面で、へー、楽園（ハーレム）？

「……死にますか？」

送りの言葉は私が読みますよ。長い付き合いですし、と経典を手に取るが、枢機卿は無駄に素早く手のひらを突きつけ、「ちっちっちっ！」と指を振る。死ね。

「別に冗談で言っている訳ではないよ？　これはあくまで推測に過ぎないのだけど、彼の〝寵愛〟を受ければ〝神々の寵愛〟は無視できるという調査結果が出た。彼の恩恵は彼にとっての害意に反応し、触れるモノを拒絶するという特性であるが故に、〝彼に愛されればその条件をクリアできる〟と！」「へー」うさんくさー。

「ていうか、推測どころか憶測に過ぎないのでは？」

「人は、時に愛する者の為に自らの命を捧げるというからね！　それが英雄であり、勇者たる者であれば猶更さ！」

愛情で心臓を貫けと。わー、面白ーい。笑えないけど。

「……全く、成功しても失敗しても、優秀な部下を失うことになるって言うのに」

「なぁに、その身を捧げろとは言っていないさ。ヒトの愛し方は人それぞれ、世の中には〝精神的な愛〟というものもあるのだから」

そう、それは我が子を慈しむ聖母の様に——。とかなんとか枢機卿による有難い説法が始まったのでそのお言葉は消音☆　手元の書類へと意識を向ける。

「全く以って面倒な……」

それでも、薬指に着けた指輪に誓って私は仕事をこなさなくてはならない。

「特殊な事例だという事は理解しました。でも、勝算あっての事ですよね？」

つらつらと語り続けるクソ眼鏡に語尾を強くして尋ね、両腕を上げて語り続けていた枢機卿は満足げに頷き、……そうしてもう一度深く頷いて見せる。

アホかな？

「これは僕の経験から言ってほぼ間違いないと見ているのだが、彼はきっと胸の大きな女性は好みではないのだろう――だからアリシア、君のような、」「あ、殺しますね」

勇者の前に、貴方を。

殺意を込めて振り下ろした経典の角によって枢機卿はほんの数分間気を失い、起き上がるなりへらへら笑って私を送り出した。勇者の滞在しているという街へ、手配してあった相乗りの荷馬車で。そのまま、全部記憶飛んでくれれば良かったのに。

荷馬車の硬い床に腰を下ろしながら一人愚痴る。

まるで出荷される貢物みたいだと。

深く息を吐き出しながら暫く世話になる屋根を見上げて、既に燃やしてしまった神託の内容を反芻する。標的は魔王殺しの勇者サマで、近づいて、篭絡して、暗殺。

「めんっどくさー……」

これまでにもややこしい仕事は幾つもあったけれど、その殆どが警備の行き届いた領主の屋敷に侵入して来いだの、王都内に入り込んだ異教徒の宣教師を殲滅してこいだの、取り敢えず手間は掛かるが最終的に暴力に訴えればどうにでもなる仕事ばかりだった。

それは私が〝そう言った仕事〟に向いているからだし、私自身、下手に変装してどうのとか潜入して情報を集めてこいだとか、そういう仕事が性に合わないのは理解している。

だからこその異端審問官であり、執行官なのだ。

――なのに、親密な関係を築いてから殺せとか……、「あああああーっ……」めんどくさいなぁーっ……。と二度目の溜息。

辟易していると丁度奴隷を押し込めた荷馬車が先を行くのが見えた。

一同幼い子供達ばかりで出荷先は何処ぞの変態か国境の娼館か。そのどちらであっても彼等の行く末はそう明るくはない。

弄ばれるだけ弄ばれて、壊れてしまったら豚の餌。

そうでなくとも一生家畜以下の生活しか与えられはしないだろう。

「…………」

考えを断ち切った。

……まぁ、別に殺せるようなら勇者など殺してしまえば良いのだ。

神々の加護があろうが人である事には変わりない。そのまことしやかに語られる寵愛とやらさえ突破してしまえばナイフを突き立てて任務完了。人並み以上の苦労と、人並み以上の返り血を糧に人並み以上の生活を続けることが出来るのだ。

それは、この世では代えがたく、必要なものだ。


この世に神様なんてものは存在しない。

教会の語るそれは、民衆を操り、支配する為に生み出された空想上の存在。

古代も仮定にもそんなものは存在せず、所詮は教会が生み出した虚構でしかない。

それでも、ヒトは、自らが体験した出来事を真実だと錯覚してしまう。

たとえ其れがペテン師たちの作り出した虚構であったとしても、「…………」私は、荷台に乗せられた商品には為りたくは無かった。

自らを「ご主人様」と呼ばせたがるような変態の元で家畜として生きるくらいなら、誰だって〝いもしない神様〟に祈って見せるし、神々の代弁者にだって縋る事を選ぶだろう。

だから、

「どうか、神々の祝福のあらんことを」

私は心にもない言葉を神々へと捧げた。

それが唯一（ゆいいつ）、この世界で私が必要とされる理由だから。

これから向かう先は未（いま）だに魔族残党の襲撃（しゅうげき）が色濃（いろこ）く残る国境（くにざかい）。

対魔族との最前線で在り、我が国（くに）の防波堤（ぼうはてい）、終わりの大地・アースヘルム。

治安も悪く、中央都市とは違（ちが）って直接的な被害（ひがい）も多い。

好き好んで教会の修道女（はなよめ）が一人で向かうような場所ではないが、それでも、薬指の指輪に誓って、私はその地へと向かう。

全ては神々の意思を騙（かた）る愚（おろ）か者（もの）共の為に。魔王を討ったという勇者を殺す為に。

神々の御意志（ごいし）に従って。

そうして、枢機卿が暗殺されたという知らせを受けたのは街に着いてすぐの事だった。

2

私は家族を知らずに育った。

雪の降る朝に、教会の前で行き倒れていたのを拾ったのだと親代わりのシスターは教えてくれた。

もう少し発見が遅れていたら死んでいたとか、貴方の周りだけ雪が降り積もっていなかったとか、神様を信じさせようとして周りの大人たちは口々にそう言った事を言って来たけれど、私は素直に頷く事は出来なかった。

理由は分からない。

他人よりも冷めていたのか、少しだけ冴えていたのか。

ただ、漠然と彼らの語る〝神様〟なんてものが実在するものだとは思えず、実在しないのであればそれらの騙る物語の意味する所を考えた結果、世界のカラクリに気が付いた。

――一度そういう目で見てしまえば、奇跡は手品へと成り下がる。

祈りを捧げる時間は随分と奇妙な光景に見えたし、馬鹿馬鹿しいとすら思った。

それでも祈ることを辞めなかったのは縋るものがそれしかなかったからだ。

この世界は私一人の力では生きていくには余りにも残酷で、彼らの言う〝神様の御意志〟に背いただけで〝異教徒〟の烙印を押され、迫害、もしくは処分される。

私は、そんな風には成りたくは無かった。

それは一人、また一人と〝異教徒〟を手に掛ける度にその想いは強くなっていった。

この世界から追放されない為には必要な事なのだ。

幸いなことに、私を孤児院から拾ってくれた人は〝クソども〟の中でも、まだ、比較的マシな方の人間だった。

修道院を使い勝手の良い娼館や奴隷小屋と勘違いしている馬鹿共や部下を使い捨ての道具としか見ていないような枢機卿達に比べればまだ、話は通じる方だ。

拒否権がない事に変わりは無いが、多少蹴り飛ばしても許して貰えるぐらいの度量は持ち合わせている。

だから、間違ってもあの枢機卿には失脚して貰っては困るし、死んで貰っても困るのだ。

現状、最善とは呼べないものの決して最悪ではない労働環境を維持する為にも。

――あのクソ眼鏡には、生きていて貰わなくては困るのだ。

「いやぁ、まさか枢機卿が暗殺されるだなんて前代未聞だよねぇ、枢機卿びっくり！」

と、数日前に私を笑顔で送り出した上司、サラマンリウス枢機卿は耳に着けたピアスの向こう側で笑った。――導きの光。枢機卿付きの執行官にのみ渡されるピアスで、施された魔石に術式が組み込まれており、使用すればある程度の長距離通信が可能となる便利な道具だ。正直その笑い声が不愉快だったので一瞬通話を切ってやろうかと指先が伸びたが、聞くべきことが余りにも多い。

死んだのが貴方じゃなくて残念ですよ、っと。

「おっと、良からぬ考えを受信」「そんな機能付いていません。死んでください」

枢機卿暗殺だなんて話は一刻を争う案件だというのになんと呑気な。

「亡くなったのは司祭でしょうか、それとも助祭？」

同僚が一人亡くなったというのに陰りの一つも見せない上司に代わって話を進める。

枢機卿の中でも聖堂に籠りっぱなしになる司教に比べ、司祭と助祭は出歩くことも多く、また、護衛の数も下に行くに連れて数は減る。

魔王軍の残党狩りに人手が割かれているために護衛の数は足りていない。最近だと助祭枢機卿などは移動の際に護衛がつかないことだってあるそうだ。そうでなくとも〝勇者教〟の出現で、信仰に陰りがあるというのに――、……まさか犯人は勇者教……？

そんな私の考えを見抜いたのだろう。小馬鹿にするかのようにクソ眼鏡は笑う。

「残念ながら殺されたのは七大枢機卿が一人、シャウクス枢機卿さ」

「……嘘でしょう。あり得ません」

「全くだね。先ず以てヒトの犯行とは思えない」

シャウクス枢機卿と言えばあまり良い噂は聞かなかったので死んで良かったとすら思うが――、「魔族の仕業だと？」「現状、そう考える方が自然だね。なんせ保身に関しては彼の右に出る者はいなかったからね」

それを掻い潜り、暗殺してみせたという事は――、「……厄介ですね」「だろう？」

これで終わりという事もないだろう。魔王を討たれ、軍が完全に瓦解してしまう前に〝逆にこちらの急所を突いた〟のかもしれない。――だとすればウチの上司も危ない。

「戻りますか？」

勇者暗殺計画――、もとい〝楽園計画〟などという馬鹿げた内輪揉めよりも現実的な脅威が現れたとなれば、これまでの旅路を無下にするには十分な理由だ。尤も、引き返した所で街に着く頃には手遅れかもしれないが――……。……それでも、間に合うのであれば戻るだけの価値はある。常日頃「死ね」とは言っているが、「死んで欲しい」と「死んで貰っても良い」の間には大きな隔たりがある。

「心配してくれるのは嬉しいけど、仮に犯人が元魔王軍幹部クラスの魔族だとすれば手に負えなくなる。だから君には勇者を探し出し、予定通り接触して貰いたい。場合によっては彼の英雄、勇者様のお力を拝借することにもなるだろうからね？」

「ゲスの極みですね」

暗殺だの骨抜きだの言っておきながら我が身が危険に晒されれば手の平を返す。一貫性の無さに神様もびっくりだろう。哀れな子羊に天罰を。神様ー。

「仕方がないさ。ヒトは完全な存在ではないのだから」

「神の言葉を言い訳にしますか。良い度胸ですね。あと、頭の中を読まないで下さい。気持ち悪いので」

「えー」

戻る必要がないのならそれも良し。折角荷馬車の硬い床から解放されたというのに、自ら進んで監獄に戻る馬鹿もいないでしょう。お尻や腰がもう限界だった。

「もう少し待遇良くして貰えたりはしません？」

せめて荷台ではなくふかふかのベッドで運ぶとか。

「善処しよう。神々も見ておられる事だろうしね」

気もない癖に。

「では、〝それなりに〟気を付けてくださいねー」

「分かってるよ。僕だって死にたくはないもん」

「さいですかー」

言って、頭を切り替える。

この街に到着したらまずは統括する七大枢機卿の一人、キリウス枢機卿に挨拶しに行くつもりだったのだけど……、……同僚が暗殺されたとなればそれも難しいだろう。要らぬ疑いも掛けられたくはないし。

「枢機卿へはそちらから連絡を入れておいてください」

会わずに済むのであればそれはそれで嬉しいというのが本音だった。用件は済んだので通信を終えようとすると「ああ、そうそう」とわざとらしく枢機卿が付け加えたので渋々耳を傾ける。忠実な部下として辛い所だ。

「なんですか、下らない話だったら……、」

「君が〝女〟になって帰って来るのを楽しみにしているよ」

「死ね」

言って通信を切った。孤児院から私を引き受け、導いてくれた親代わりとは到底思えない台詞だ。目の前に居たらその足を圧し折ってやっていたかも知れない。

「さて、と……」

勇者を懐柔するにしろ暗殺するにせよ、余り悠長にしてはいられなくなった。元より長く滞在するつもりもないのだが――。

大地の終わり。

流石国境線が近いという事もあり、漂っている空気は何処か重苦しく、人々の顔色も中央と比べ随分と険しい。先程から向けられる視線はチクチクと肌を突き刺す様で非常に居心地が悪かった。警戒心というよりも忌避感――、教会への不信感だろうか。

「めんどくさいなぁ……」と針のむしろに我慢しつつ向かった先は酒場だった。表通りには面しているものの入り口の周りには柄の悪そうな男共が屯していて、私を見るや否やわざとらしく口笛を吹いた。

心底ムカつくがスルー。此奴等の相手は私の仕事ではない。

扉を潜ると昼間だというのに店内は随分と騒がしく、既に出来上がってしまっている男達の姿が多かった。

その殆どが傭兵――、もしくはそれに準ずる〝ならず者〟だ。視界に入れる事すら不快

ではあるが、このような国境の防衛にまで騎士団の手は回らない。

彼らがいなくなれば国中にまで魔族が流れ込む事になるだろう。――つまるところ〝捨てに捨て置けないゴミ共〟なのだ。

出来る事ならこのような場所に足を踏み入れたくもないが娼館だろうが拷問部屋だろうが行けと言われれば向かうのが私達執行官の役目で在り、異端審問官の辛い所だ。

店内を進むにつれ雑音は騒めきへと変わっていく。

主に〝女〟としての値踏みが。

それらを無視して最奥。情報にあった店主の元へと向かう。

グラスに酒を注いでいたのは酒場の亭主というよりも〝盗賊の団長〟とでも呼んだ方が良さそうなスキンヘッドの男だ。

「少し、宜しいですか？」

腰のホルダーから経典を引き抜くとカウンターに載せ、正当な教会の遣いであることを示すと店主はチラリと経典を見ただけで驚く素振りは見せなかった。

「聖堂教会の花嫁がこんな場所に何の御用で？」

色黒の肌には無数の傷があり、身体も決して細くはない。瞳の鋭さからしてもカタギの人間でない事は確かだ。

「この街に、勇者様が滞在していると伺(うかが)ったものですから、ご挨拶をさせて頂きたく参上いたしました」

どうやら当たりらしい。その名を口に出した途端(とたん)、酒場の空気が僅(わず)かに揺(ゆ)らいだ。

視線の端(はし)で酒場の男たちの反応を窺いながら言葉を続けた。

「戦場(いくさば)を生業にする方々はこちらの酒場を利用するそうですが、彼はいまどちらに？」

「さて、どうだったか……」

はぐらかし、グラスを手に取って布巾(ふきん)を当てつつ、マスターは瞳を伏(ふ)せる。

「そんな奴はいたような気もするし、死んだような気もするな。なんせ人の出入りが激しくてね、いちいち顔なんざ覚えちゃいないさ」

なるほど、どうにも〝ここの教会は〟随分と嫌(きら)われているらしい。いい迷惑(めいわく)です事で。

「神々の代行者である教会に協力するのは神の子の義務だと思いますが」

「だとしても、だ。記憶にないもんは話せやしない」

知ってる癖に。

「……では、酒を」

言って椅子(いす)に腰かけ、銀貨を一枚差し出す。力ずくでも良いのだろうが、勇者様の手前、事を荒立(あらだ)てるのはよろしくないだろう。

「神は飲酒を禁じていたはずだが？」

「神々も常に目を配っていてはお疲れになります」

無論、飲む気などサラサラないが。勇者を待つにしてもミルク片手に待っていたのでは失笑物だろう。

「それとも、神の花嫁に出す酒はありませんか？」

「いいや？　神の名において客は皆平等だ、少なくともこの店の中ではな」

言ってマスターは後ろの酒棚からラベルの擦り切れた一本を取り、グラスに注ぐ。

「だからこれは、〝神の酒〟だ」

差し出されたそれは宝石が溶けたような赤色で、鼻を衝く芳醇な香りはそれだけで脳が揺さぶられそうだった。

「……確かに」「だろう？」

——酒は、神の恵みだ。神の花嫁である私に嗜む事は許されてはいないが、ウチの枢機卿は味なんてわからない癖に事あるごとに酒を買い込んで来るので自然と良い酒に関しては目ざとくなった。この一杯は、まさしく神々が嗜んだと言っても過言ではないだろう。

実に、……良い物だ。

「飲めないのが、本当に惜しい」

カウンターに肘をついてお酒の香りを楽しみながら指先で経典をなぞり、思う。

私の元から離れて行ったマスターの代わりに近づいてくる男達の気配――。

ゴツンゴツンと遠慮の感じられない荒っぽい足取りが一つ、二つ、……三人。

「ご機嫌じゃァねぇか、んぅぅ？」

「そうですね」

酒臭い。

――が、まぁ、出来る事なら揉め事は起こしたくはない（以下略）。目の前の一杯に免じて堪えるとしよう。それに此奴等を矯正した所で、報酬が貰える訳でもありませんし。

「見ない顔だな。ここの教会の修道女じゃねぇな？　何処から来た、南か」

無遠慮に腰に回された汚らしい指を視界の端で睨みつつ、わざとらしく経典の角でカウンターを叩いた。

「この身は神々に捧げております故、それ以上のお戯れは神々への冒涜になりますかと」

「なるほどねぇ？　アンタ、顔に似合わずやる事やってるってか？　一体これまでに何人の神様と寝たんだ？　ん？」

あー、あー、聞こえませんよー。聞こえませんねー。

「堅い事はなしにしようぜェ、アンタみたいな上物は珍しいんだ。堕落はヒトの嗜みって言うだろう？」

「はて、そうでしたか？」

言って上がって来る指先を左手で押さえ、胸に触れる前に止める。

仕事以外での人殺しは、極力避けたい。避けたいのです。「まぁ良いじゃねぇか、どうせ今夜はあのクソ枢機卿の相手をしてくるんだろ？　ならその前に、俺達と楽しもうじゃねぇの？」と、調子に乗り続ける馬鹿は私のグラスの中身を一気に流し込んだ。

こっそりと、どうにか後で飲もうと思っていた私の酒を。

「…………」

マスターに目配せする――、が彼は黙って瞼を閉じる。

――ああ、なるほど。この店の中では〝神様でさえ平等〟でしたっけ。

押さえつけられながらも徐々に這い上がろうとする指先を今度はしっかりと握り、私は告げる。

「少しだけ、神様の教えを説いて差し上げますね？」

精一杯の、笑みを添えて。

「あえ……？」

ぽきり。と男の間抜けな顔に応えるかのように指先が砕ける音が響き渡る。

「なっ、んぁあああ!!!?」

他の連中がそこで怯まず、咄嗟に腰の長剣を抜き放ったのは流石と賞賛すべきだろうか。

「て、て、てめぇッ!?　何しやがる!!」

「あーあー、騒がないでくださいませ。ませませ」

ただ、そのまま大人しく説法を聞いてくれる連中でも無いだろう――が、関係ない。

「剣をお納めください。私にそれを向けるという行為は神々に楯突く事と同意義ですよ」

再び経典の角でカウンターを鳴らしての最後通告。

此処で退くならば良し、挑んで来るのなら――、「女に舐められて、傭兵が務まるかってんだ!!」取り巻き共が叫ぶ。

ええ、そうですよね。知ってます。

「その綺麗な顔でひぃひぃ泣いて謝るまで犯してやるからな!?」とかなんとか、とてもじゃないけど聞くに堪えない言葉で罵りつつ、指を折られた男も反対の手でナイフを引き抜いて。女一人に、男三人で取り囲んで刃物取り出すとか、それはそれでどうなのだろう？　と、言葉には出さなかった。が、態度には出ていたらしい。

「アンタは知らねぇようだけどなぁっ？　戦場ではどんだけ泣いても叫んでも、神様は助けちゃくれねぇって事を、その身体に教えてやるよ!!」

増々激昂した男が汚い唾を撒き散らしながらナイフ片手に襲い掛かって来る。ふらふらと、酒の酔いからか足取りは随分と怪しい――。

「いいえ、結構です」

パタリ、と、剣先を栞代わりにでもするかのように挟んで、止めて、微笑む。

「紙は剣より強し、みたいな？」

手首を返し、経典を捻っただけでぽきっと折れた剣先に男は唖然とし、私はその剣先を掴み取って男の膝へと突き立てる。悲鳴は、聞く必要すらない。

「知っていますか？」

二人目の顎目掛けて経典の角を跳ね上げて砕きながら告げる。

「神の言葉は時に人を導くのではなく、罰する為に用いられるのです」

くるり、と踵で身体を反転させ、足の止まっていた三人目に本を開いて見せつけた。

「読む気も失せるでしょうが」

そうやって視界を塞いだ所でみぞおちに膝を差し込むと、丁度良い所に頭が下がって来ていたので経典を勢いよく閉じて差し上げた。

耳の、傍らで。

「ぱんっ」

「あっ――……？？？」

心地良い音が頭の中を通り抜けたのだろう。泡を吹いて倒れる男の耳からは血が溢れ、顎を砕かれた男と膝を刺し潰された男は床で蹲って呻く。

ああ、なんとも、情けない。

「大の大人がどうしてこうも……」

逃げ出そうとする者。慌てて酒瓶を抱きかかえて壁にくっ付いている者――。

泣く子も黙る傭兵様とはこれ如何に。

正直このまま蹴り飛ばしたくもなるが、異端審問官と言えど神の子の端くれ。やはり迷える子羊を導くのも私の役目だろう。

「あー、はいはい、大丈夫。だいじょーぶです。死にはしませんから騒がない騒がない」

多種多様なギャラリーに身振り手振りでこれ以上危害を加えるつもりはない事を伝えつつ、私は三馬鹿の元で膝をついて見せると、神々への祈りを捧げた。

長ったらしい神々への祈りの言葉は、……めんどくさいので長ったらしい部分は端折(はしょ)るけれど、「――どうか、光を見失いし彼(かれ)らに、再び歩み出せるだけの祝福を」

聞くものが聞けば卒倒(そっとう)するかも知れない祈りではあるが、結局は気持ちの方が大切なのだ。そこに綴(つづ)られる言葉が何を騙るのかではなく、何を〝騙ろうとしているのか〟が。

だって神様なんて、存在しないのだから。

「Holy-Pray(ホーリー・プレイ)」

実際、私が祈りを終えると同時に何処からともなく光の粒(つぶ)が舞(ま)い上がった。

それらは茫然(ぼうぜん)と私を見上げていた三名の怪我人(けがにん)の元へと降り注ぐと彼らの身体を光の膜(まく)で包み、負傷した箇所(かしょ)を治し始める。

神々へ祈りを捧げる事で引き起こされる奇跡、〝Holy-Pray(ホーリープレイ)〟、祈祷術(きとうじゅつ)と呼ばれる〝技術〟だ。私達(たち)、教会に仕える者だけが行える〝神々の恩恵〟の一つでペテンの一種ではあるのだけど、その光景はいつ見ても綺麗(きれい)だとは思う。

「まだ絡(から)んで来るというのであれば、今度は目をくり抜き、耳と鼻を削(そ)ぎ落してこの世の終わりを経験すれば神々の存在を信じることが出来ますでしょうか？」と、脅(おど)しではなく提案として付け加えると流石の三馬鹿も元気よく首を横に振った。

――宜しい。

　多額の寄付金を支払えば誰でも教会で〝祈祷〟による治療は受けられるが、それを望めるほど彼らの稼ぎは良くないらしい。先ほどまでの空気から一変。どうにも浮足立っているように感じる。

「えー、勇者様を探してこの街へやってきましたー。お心当たりのある方はどうかご申告くださーい」

　丁度いい機会なのでアナウンスさせて頂くとカウンターの向こう側で店主がクスクスと笑っていた。茶目っ気を見せたつもりだったけど、笑われるとどうにもむず痒い。

　やはり、こういうのは私に向いてないッ……。

　流石にムカッと来たのでカウンターに腰かけ直したのだが、暫くして入り口の方でざわめきが起こった。なんだろうと視線をやるよりも先に流れ込んで来たのは血の香りだ。

「――……」

　反射的に戦闘態勢を取りそうになるけれど、人垣の向こう側。騒ぎ立てていた連中がそっと自分たちの席へと戻って行くのを見て、その人物が何者かを悟った。

「なに、どうかしたのマスター？　なんの騒ぎ？」

　――幼い。聞いていたよりもずっと子供だった。

　恐らく私とそう歳は変わらないだろう。一見すれば少女とも見て取れるような中性的な顔立ちをフードの下から覗かせつつ、〝勇者〟は自身の装備を店主に見せる。

「ごめん、また血だらけにしちゃった。洗い落とせるかな」

「俺を試してるってんなら随分と意地悪くなったもんだ。後で持ってくると良い」

「ありがと」

彼の全身から香る血の匂いは、この場で行われた洗礼を上書きしてしまう程に濃い。

まるで彼の存在が死そのもののようにすら思えた。

「それは、……すべて、魔族の血ですか……？」

「え……？　あ、うん。まぁね。ていうか、人の血だったら怖いでしょ」

「まぁ、……そうですね」

曖昧に頷く私を無邪気そうでいて獣を思わせる瞳が見つめ、品定めしていた。

「この街の、修道女じゃないね。僕に用事かな」

どの道、黙っていたところで話は筒抜けになるのだろう。

「初めまして。私は七大枢機卿が一人、サラマンリウス枢機卿からの命を受けやって参りました。アリシア・スノーウェルと申します」

頭を下げると勇者は「アリシア、アリシア……」と口の中で何度か呟き、その名に覚えがない事を確認した上で右手を差し出した。

「初めまして、シスター・アリシア？　僕はエルシオン。世間からは勇者だなんて呼ばれてはいるけど、しがない傭兵だよ」

「ご謙遜を」

私は素直に応じ、手を握り返す。英雄と呼ばれるには余りにも小さな手だ。

「人類の、宝です」「こそばゆいかな？」

そう言って外套の下から取り出したのは血生臭い革袋だった。カウンター越しにそれを受け取った店主は中身を確認し「少し待ってな」と店の裏側へと消える。

「いまのは……？」

「魔族の、……身体の一部だよ」

なるほど、それでマスターか。

この店は傭兵組合の窓口も兼ねているのだろう。

傭兵には魔族の討伐数に応じて国から報酬が支払われる事になっている。基本的には自己申告制になるので、仕事をした証明として狩った魔族の身体の一部を持ち帰って来るとは聞いていたが……、「あれだけの数をお一人で？」「おかげでご飯が食べられる」

勇者は店主が去り際に出して行った木製のカップへと口を付ける。

酒にしては香りが甘い。ミルクにも似ているが知らない香りだった。

「で、君は何者？　此処の連中がこんなに静かなのは初めてだよ」

ちッ、と席に戻るタイミングを逃してカウンター周りでもぞもぞしていた三馬鹿を睨む。

これでは〝ひ弱な修道女〟だなんて演じるだけ滑稽さが増すだけだ。

「場所を移しても？　此処では良からぬ噂が広がりかねませんので」

「構わないよ。枢機卿閣下からの使者を無下にする訳にもいかないしね。上で話そう。宿になってるんだよ」

丁度戻って来た〝マスター〟から金貨と銀貨数枚を受け取り、勇者は奥の階段へと向かう。私は私でカウンターに迷惑料も兼ねて酒代とは別に銀貨を数枚差し出したがそれは丁重に断られてしまった。

「うちに泊まるってんなら話は別だがな」と。

生憎部屋は別に用意してある。

「でしたら皆様にお酒を。酔いを醒まさせてしまいましたから」

「そういう事なら有難く。うちも商売だしな」

ウインクし、居心地悪そうにしていた野郎どもに号令をかける店主からは此処がどういう場所なのか推し量るには十分だ。常に死と隣り合わせの戦場で生きる者達には、こうして気を緩める場所も必要なのだろう。

「良いお店なんですね」

言って勇者の後に続く。

「入り浸ってる連中もね。たまに調子に乗るのが悪い癖だけど」

「その点については今日学んだと思いたいものです」

木製の階段は狭く、重装備だと上り下りに苦労しそうだったが、その点、彼の装備はやけに少なかった。外套の下から覗かせている得物も長剣ではなく少し長めの短剣のようだし、弓や槍と言った類も見受けられない。

大勢の魔族を相手にして来たとは思えない程に身軽だった。

──いや、だからこそ、か。

魔族と人族の身体能力には大きく隔たりがあると聞く。

それ故に対魔族戦では傭兵は小隊を組み、役割を分担するそうだ。前衛は守りに徹し、後衛は隙を突いて傷を与え、手負いになった所を殺しにかかる。互いに補い合わなければ生物としての差を埋めることは叶わず、一対一ではまず勝ち目はない。

だが、それを覆せるのが一握りの〝英雄〟であり、魔王を討つことに成功したこの〝勇者様〟というわけだ。

「…………」

「僕らのような存在を見るのは初めて？」

気持ち程度の小窓が付けられているだけの廊下(ろうか)を歩きながら全身を血で染めた勇者は尋(たず)ねる。恐らくは〝英雄〟という括(くく)りではなく〝傭兵〟という括りで。

「お恥(は)ずかしながら、――それとも、物を知らぬとお笑いになられますか？」

「いいや、そんな事は無いよ。ただ、知らない方が僕としては気楽に話せるかな。変な先入観を持たれるのは苦手なんだ」

通された部屋は狭く、ベッドと小さな丸テーブルが置かれているだけの質素なものだった。大通りに面した窓は締(し)め切ったままで薄暗(うすぐら)く、狭い――。

荷物を下ろした彼は蝋燭(ろうそく)に火をつける。風呂(ふろ)トイレも付いているようだけど、それも簡単なもので出るのもお湯ではなく冷水だろう。椅子も一つしかないので必然的に差し出されるが、私は断る。

「あくまでも私は遣いの者ですので。お心遣(こころづか)いのみ、頂戴(ちょうだい)いたします」

なにより、勇者(バケモノ)相手に気を許す事は微塵(みじん)もなかった。職業病みたいなものだ。

「じゃあ、疲れたら座(すわ)ってくれて構わないから」

警戒(けいかい)する私とは対照的にリラックスした様子でテーブルの上に身に着けていた装備を外し、微笑む。

「話は、……片付けながらでも良いかな？」

「ええ、それも、お気遣いなく」

警戒心の高そうな勇者サマにこうして部屋に招き入れて貰えただけでも僥倖だ。

「何処か傷があれば、治しますが」

進言してみるが、頷きはしなかった。

手のひらを差し出し、話を促す。聞く耳はあるが興味はないといった所だろうか。

気持ちは分からないでもない。教会の持ってくる話なんてロクなものでないのは誰もが知っている。――が、仕事は仕事だ。私は腰のポーチから予め枢機卿に渡された〝偽の手紙〟を取り出すと出来る限り取り繕わせて頂こうとしたのだが――……。

……やめだ。

「端的に申し上げれば貴方の護衛に参りました。魔王軍残党が再び動き出したとの報告があり、狙われるのは魔王を討った貴方であろうと。……求心力を失った軍を纏めるには〝新たなカリスマ〟が必要となります。仮に魔王殺しの英雄が討たれるような事があれば国全体の士気に関わります。どうかご了承を」

半分本当で半分嘘。

元魔王軍による被害が出ているのは事実だが、そこまで組織だった動きはなく、また、勇者を狙ったものというよりも〝欲望のままに〟殺してまわっているという見方が強い。

それが工作の可能性も残されてはいるけれど、種族全体を指揮できるような存在が現れるのにはまだ時間を要するというのが教会の見識だった。

現状、騎士団の多くは〝次の魔王〟が生まれる前に残党を少しでも狩り尽くしてしまおうと躍起になっている。そんな貴重な猶予期間に現れた〝勇者教〟はさぞ頭痛の種でしょーねー。私とは部署が違うのでどうでも良いのですけど。

「要らないよ。いままでも断ってきた」

みたいですねー。

その経歴についてはここに来る道中、目を通した書類に記されている。

実際問題助けなど必要ない事も。

だが、もう一歩踏み込む。この情報を彼に明かすことに関しては了承を取っていないのだけど、連絡して来たという事はそう言う事なのだろうと勝手に解釈して。

「七大枢機卿の一人が殺されたのです」

「…………いつ？」

「一週間ほど前に。シャウクス枢機卿だそうです」

「あぁ……、あの人か……」

そう言う勇者の表情が一瞬陰ったようにも見えた。

「後ろから心臓を一突き、その後で首を刎ねられ、聖堂内で磔にされてたそうです」

「……なるほどね」

間違いない。

これまで凪の海すら思わせる面持ちだった勇者の顔に濁った何かが混じっている。

シャウクス枢機卿の事を良く思っていない人間は多いが、……思い当る節はない。ただ、カマを掛けたくなった。どの道、外れた所で世間話だと誤魔化せるだろう。

「もしかして、勇者様は孤児院の出身で？」

「………」

なるほど。

「そうですか、勇者様の経歴は色々と謎めいておりましたのでこれで少し謎が解けましたね。教会内では〝神がお送りになられた聖人〟とまで囁くものまでいるんですよ？」

「そういう君は？　随分と上品な物言いだけど実は没落貴族の御令嬢だったりして」

わざとらしく話を逸らして来たのは余程踏み込まれたくない過去があるのだろう。

触れられたくない過去をわざわざ逆なでする趣味はないけれど、これから〝殺す相手〟の事は少しでも知っておいた方が仕事は捗る。

「いいえ。私も、……元は孤児です。十歳の時に祝福を受けました。それからはいまの枢機卿閣下の下で修行しております。この言葉遣いは、……そうですね。そのような場所で生き抜く為の処世術とでも言いましょうか？」

親し気な笑みを添え、首を傾げる。我ながら、完璧ともいえる演技だった。

鼻の下を伸ばした後は誰だって警戒心が緩むだろう。

だが、勇者は「そうか、君も大変だったんだね」と少しだけ同情の色を見せただけで微塵も揺らぐことなく手入れを続ける。反応がない訳でもないのに掴みどころが見つからない。男なら美女と密室で二人きりになったら少しは意識したりするでしょうに。

これではまるで、女性そのものに興味がないような。

――まさか男色家……？

いや、まさか、そんな――……。

否、分からない。分からないが〝英雄〟と呼ばれる者達の女好きは異常だ。鍛え抜かれ、戦果を挙げた肉体は一晩味わえば忘れられない、と娼婦たちは嬉しそうに話していた。

神に仕える私には関係のない話だと聞き流して来たし、目の前の〝英雄〟の身体の線は細く、そこまで筋骨隆々と言った風には見えないけれど……。

もう少し、彼女たちの話に耳を傾けておくべきだったかと自分の浅はかさを呪う。

「手前勝手な話で申し訳ありません。……ただ、このまま戻れば私は厳しい折檻を受ける事になります……」とこうなったら攻め方を変えてやる!! と、ちょっとだけ自棄になった矢先、僅かに勇者の肩が跳ねた。――ふむ。

「……少しの間で構いません。どうかお傍に置いて頂けませんか……？」

鍛え抜いたポーカーフェイスで心中を隠し頭を下げると彼は暫く考え、小さく溜息を吐いた。なるほど。余程の正義漢らしい。

「分かったよ。君が僕についてなきゃ罰を受けるって言うなら好きにしてくれ。……ただ、仕事の邪魔だけはしないで貰えるよね？」

「はいっ」

出来る限り純粋な笑みを浮かべる。――が、……勇者、見ちゃいないし。なにこれ。本気で女としての自信無くなるんですけど？？

しかしながら、磨き直された短剣の刃はどうにも鋭い。部屋の明りにそれをかざして確認しながら砥石を宛がう目は真剣そのもので、一片の曇りもない。

そう言った点では私の懇願など掃いて捨てれば良い不確定要素だろうに。甘いのかそれとも余程の自信があるのか。――現時点ではどうにも判断し辛かった。

「今日の所は教会に戻ったらどうかな。遅くなれば外は物騒だし、君みたいな可愛い子が

「一人で歩いていたら下の連中よりおっかない奴らに襲われそうだ」

「ご忠告、痛み入ります」

確かに修道女は神々の元で眠りに就くことを定義付けられているが、しかしそれではいつまで経っても仕事が終わらない。

「今夜は、こちらに泊まります。お会いしたその日のうちに何かあっては困りますので」

宿の手配は下の主人に？　そう尋ねると勇者は困ったように笑って短剣を鞘に仕舞った。

「マスターは気難しいよ？」

「勇者サマに比べれば心優しい方かと」

ウェットに富んだ返答だと思うのだけど勇者は呆気にとられたようで目を丸くし、口を開けたまま固まってから突然笑い出す。

「なるほど。見かけによらず強情そうだ。分かった。隣の部屋が空いていると思うからマスターにそう伝えて？　僕も了承したと」

「ありがとうございます」

告げながら枢機卿からの手紙を机の上に置く。引き際も肝心だ。後でなにかしら理由を付けてまた訪ねれば良いだろう。

――ただ、「その前に、祈りを捧げさせていただいても？」楔だけは打っておく。

「怪我は、してないけど？」

塗れている血は相手の物だと半身を翻して見せるけれど、私は構わず傍に膝をつき、胸の前で手を組む。

「習慣のようなものです。……お付き合い頂けませんか？」

何処まで騙せているか分からないけれど出来る限りの微笑みで献身的な修道女を演じる。

流石の彼も〝神への奉仕〟だと言われれば断ることが出来なかったのか苦笑しつつも了承してくれた。案外押しに弱いのかも知れない。

兎にも角にも、考えは顔に出さないように努めつつ、私は丁寧に祈りの言葉を紡ぐ。

瞼の向こう側でじっと勇者がこちらを見ているのが分かる。

呟く言葉一つ一つに偽りはない。言葉を告げる度に部屋の中には小さな光の粒子が生まれ、宙を漂う。教会が神々の存在を人々に知らしめ、信じさせるために作り出した演出だ。

――そこに、別の祈りの言葉を差し込む。

「どうか、この者に神々の〝眼差し〟があらんことを――、」

締めくくると同時に組んでいた指先を解くと部屋中の粒子は僅かに輝きを増し、私達の元へと降り注いだ。傍から見れば一人の英雄が神からの天命を受けているかのようなさぞ神秘的な光景に映るだろう。

「おしまいですっ」「うん？　ありがとう」「いえ、これも私の役目ですので」

ただ彼は首を傾げて微笑む。

――バレていない。恐らく、勇者は祈祷術に精通していない。

そのまま丁重に頭を下げ、顔に微笑みを張り付けたまま部屋を後にする。扉を閉め、廊下を歩き、突き当りの、階段の手前までやって来てようやく一息つくことが出来た。

「あー……、…………生きた心地しないって……」

使ったのは祈りの言葉の中でも〝特別厄介な物の部類〟に分別される。

監視の呪縛、……とまでは言わないけど、一種の楔だ。

これで、ある程度居場所を把握できるようにはなった。

少なくとも私の事を排除しようという気配は判じられなかったが、それでも、歓迎されていないのは間違いない。

仮に逃げられた場合に備え、追いかけられるようにはして置きたかった。

本来、彼は魔王討伐後、魔族残党の噂を追って各地を飛び回っているらしい。いま、こうしてそこに追い付けただけでも神様の思し召しなのだ。もし煙にでも巻かれようものなら、その足取りを追って半年は国内外を飛び回るハメになる。

それは絶対に嫌だ。疲れる。早くお家に帰りたい。

しかし、現在地さえ分かってしまえば追いかけるのは容易だ。

勇者サマには悪いが、私には〝神々〟が付いているのだから。

「……お腹すいた」

勇者は誤魔化せても旅の疲れは誤魔化せない。

肉体の疲れは祈祷術を使えばある程度は取れるが、暗殺対象を前に取り繕うのは精神的にも疲れる。早く仕事を終え、ゆっくりと湯船でくつろぎたいと思う私は怠惰だろうか。

「あら……？　もう閉店ですか？」

一階に降りていくともぬけの殻とはこのことか。

飲みかけのグラスやつまみを残して人の姿が一切消えている。この主人が魔族で、ここの客を全員喰った――なんてことはないだろうから、普通に帰ったのだろう。

私が二階に上がってからそう時間は経ってはいない。

日が落ちていくのはこれからだというのに、一体何故……？

「コトの張本人が不思議そうな顔してやがる。流石の奴らも〝可愛らしい花嫁に泡を吹かせられた〟ってんじゃメンツが立たねぇから狩りに出かけたよ。勇者が狩り溢した元魔王軍を完全に殲滅してやるとかなんとか言ってな。――まぁ、体のいい言い訳だろうが」

「それはそれは……、悪いことを致しました」

その口ぶりからは嫌みは感じられなかったが神々に仕える者として商いの邪魔をしたというのでは面目が立たない。

心ばかりの金銭を差し出したけれどやはり店主は受け取ろうとはしなかった。

「奴らがだらしなかったってだけの話だ。嬢ちゃんは気にせず飯でも食ってってくれ」

「ではこの店で一番良いものを、頂きます」

二度三度断られてしまったというのでは仕方がない。

言って腰かけると店主は人の良い笑みを浮かべつつカウンター内で手際よく料理を始める。厨房が別にある居酒屋も多い中、ここは店内で完結させているらしい。他に従業員も見当たらないのに、余程手際が良いのか、それとも――、

「固有技能、ですか、それは」

「ン？　ああ、まぁな」

言いながら彼は手を止めない。

その手際は良すぎるという域を越えてもはや何をやっているのかすら不明瞭だ。

私は料理を殆どしないので本来はどのような工程で進めていくのか分からないのだけど、いま、彼が行っている〝其れ〟は料理という作業を細分化し、並列で走らせているようなものだった。

「ほー……」

思わず見とれている内に一皿、また一皿とバラバラだった食材はそれぞれのお皿に盛りつけられ、料理へと姿を変えていく。

料理人の手際の良さとは何処か違うような感じがする。

広い視野を持ち、目の前で変化し続ける事象を常に把握してコントロールする。

恐らくこれは──、「戦場で培われたものですね」自然と考えが口をついていた。

店主は一瞬手を止めたもののすぐに元のリズムを取り戻す。

「隠しているつもりはないんだが、驚いたな。分かるもんか？」

「すみません、癖、みたいなもので……」

謝罪しつつも好奇心の根は伸びつつある。

固有技能とは元来〝身を以って経験し、蓄積された個人の技能〟とされている。

それは一朝一夕で身に付くようなものでは無く、誰かの固有技能を真似た所で似たような物を身につける事は出来たとしても本質的には別物になってしまう。

それを身につけた個人にのみ再現可能であり、言語化不可能な〝肉体のみで再現する術式工程〟。一から十まで決まった手順で再現する魔術とは遠く正反対に位置する技巧だ。

──ちなみに、祈りの言葉と信仰に術式を織り交ぜ、非言語化している〝祈祷術〟は固有技能(スキル)の原理を解明する上で編み出された副産物だと私は見ている。

「もしかして、貴方が勇者様のお師匠(ししょう)様だったりするのでしょうか？」

なんの根拠(こんきょ)もないのに振(ふ)ってみる。カマかけも当たればもうけものだ。

ただ、当の本人は大して気にしていない様子で鍋(なべ)を振るいながら苦笑した。

「俺じゃなくて戦友がな。放ってった彼奴(あいつ)の代わりに保護者みてーな事をしてる」

「なるほど」

教会の調査書にはそのような事は一切記されていなかった。

調べても分からない事ならば致し方ないが、こうして聞けば出る話すら入手できなかったともなれば実に腹立たしい。戻ったら本当に異端(いたん)指定してやろうか、あのクソ眼鏡共。

「そういうアンタはただの修道女(シスター)じゃねーんだろ？　神の花嫁(はなよめ)がみんな揃(そろ)ってそんな感じなら、それはそれでこの国の未来は明るいって事にはなるけどよ？」

「いえいえ。私達教会の者は皆(みな)、この地上に生きとし生ける者の為に日々精進(しょうじん)を重ねております故。神々の御加護(ごかご)は地上の全てに降り注いでおります。ご安心頂いて結構ですよ？」

「なら、老後の憂(うれ)いはねぇって訳だ」

恐らくはあの騒(さわ)ぎがなくとも遅かれ早(はや)かれ気付かれてはいただろう。

思っている以上にこの男は見えている。

「話したくねーのなら話す必要はないさ。ただな、悪戯にあの子を傷つけたりはしないで欲しいと思っちまうのさ。餓鬼の頃から見てるとな。——分かるだろ？」

「何を仰っているのか計りかねますが、勇者様は我が国の宝です」

「国益に適っている間は、だろう？」

——はて？　なんのことやら？

「そう緊張しなくたって良いさ。長旅で疲れてるんだろう？」

店主は笑い、料理の載った皿をカウンター越しに並べ始める。

野菜のミルク仕立てのスープに肉の炒め料理、こんがりと焼かれたパンにはバターが程よく溶けており、日頃携帯食として食らっている物とは比べ物にならなかった。

「頂きます」

神々への感謝も手短に済ませそれらを口に運ぶと暖かな温もりが全身に広がる。

心なしか張りつめていた緊張の糸も少しだけほぐされていくかのように。

「国に楯突こうなんて思う奴じゃねぇのは保証する。親を亡くしてからはずっと、他人の為に生きてるようなもんだ」

「ええ、ですから我々は彼を聖人認定させて頂こうと思っているのです」

「それは断ったって聞いてるぞ？」

「だからと言って引き下がれるほど、魔族の脅威は去っておりません」

スープを味わいつつも耳はしっかりと店主の言葉に傾ける。

腹の探り合いは慣れてる。

時折本音を溢す店主とは裏腹に私はあくまでも世間話をする体で応じる。

「どうして彼は魔族狩りに？　孤児院出身だとは伺いましたが、……それほどまでに切迫した経済環境だったのでしょうか」

魔族を狩り、その討伐数に応じて名誉と金銭を得る。

本来であればそれは騎士団か傭兵崩れの仕事だ。

その上、国の出している懸賞額の割に身の入りはそう多くはない。

それは偏に〝一人で一体の魔族に対処することはほぼ不可能〟だからだ。小隊の人数が増えれば必然的に報酬は減る。それでも一部の輝かしい英雄達の姿に憧れ、傭兵達は戦場へと向かう。自分の力一つで魔族を狩り続ければ必然報酬を独り占めすることが出来る。

――上位種族を仕留められるのであれば更に。

そうやって数千の、――いや、数万人に一人、死線を潜り抜け、魔族を圧倒出来る程に固有技能を磨き上げた者の事を民衆は英雄と称え、傭兵共は〝成功者〟と羨む。

勇者エルシオンはその最たる例と言っても良い。

「しかし、彼からは全くと言って良いほどお金の匂いがしませんでした」

身に着けている装備も一般的に流通している物ばかり。使用している短剣だって聖剣や魔剣の類ではなく、替えの利く、使い古されたものに見えた。

魔王討伐でそれなりの纏まった懸賞金を受け取ったはずだが、装備を整える訳でもなく隠居するわけでもなく、そこらへんに転がってそうな傭兵と同じ装備で戦場へと向かうとはこれ如何に？

地位や名声欲しさではない。

それは国や教会が与えようとし、彼は其れを断っている。

「教えては頂けませんか。……教会内部でも彼の事を不信に思う声が時折聞こえてくるのです。身の潔白を説明するためにも、私は彼の力になりたい」

料理に手を付けるのは一旦止め、まっすぐに訴えかけると店主は酒瓶を一本取り出すとグラスに注ぎながら笑った。

「アンタは、神々の為に奉仕しているんじゃなかったのか？」

「彼こそが神がお遣いにならせた勇者様為れば」

「彼奴が天使だとはお笑いだね」

苦笑し、グラスに注いだ酒を嗅ぐ表情からは本心が読み取れない。

芳醇な葡萄の香りが漂い、私は少しだけ語感を強める。

「失礼ながら店主。貴方は彼の目的を、ご存じなのでは？」

普段なら強硬手段に出る所なのだけど、勇者の知人とあってはそうも出来ない。

「……それほどにまで、他人に言えぬ願いですか」

「そうだな、神様にだって秘密だって言ったら、お前さんはどうする？」

「っ――」

咄嗟に、意図せず、私は椅子から経典を手に跳び下がっていた。

「おいおい、なんだ、どうした」

店主の態度に変わりはない。

だが背中を伝う冷たい感触――。

「……………貴方は一体……」「ん？」

未だに震える体の芯を押さえるように息を呑みつつ、カウンター内の〝敵〟を睨む。しかし、自分よりも明らかに格上の存在から放たれた圧力に身体がどうにも重い――。

蛇に睨まれた蛙。逃げ場を失った猫、だろうか。

警戒心を露わにする私とは対照的にその男は微塵も振る舞いを変える事無く微笑みを浮かべていた。

「俺はこの店の店主で今夜アンタが泊まる宿屋のマスターだ。昔は少々やんちゃもしてたが、毎週教会でお祈りだって捧げてるんだぜ？　そういう意味では俺もアンタのお仲間みてぇなもんだろ。なぁ？　〝神々に祈る者(multi-Prayer)〟」

「それとも、〝多重奏者(multi-Player)〟だったか？　」


異端審問官であると、バレている。

そう確信した瞬間(とき)には私は経典の一ページを破り取り、構えていた。

構えていた、が、

「――俺はアンタの敵じゃない」

音もなく、いつの間にかそれらは奪(うば)われてしまっていた。気配すら感じ取ることが出来ず、手ぶらになった私は困惑(こんわく)する。

「ア、ア、アンタは俺の敵じゃないの間違いでは……？」

「神に誓(ちか)ったって良い、間違いじゃねーさ」

奪い取った経典の中に取り出された一ページを挟(はさ)み戻しつつ、店主は笑って見せる。

その姿は先ほどと微塵も変わらず、気のいい店主そのものだ。

――底が知れない。

カウンターを越え、伸びて来た腕を視認することが出来なかった。

それはつまり〝やろうと思えば先ほどまで肉を切り分けていた包丁で私の喉を引き裂けた〟という事に他ならない。

「何処で私の名前を？」

「仕事柄な。こういう店をやってれば色んな話が聞こえて来るもんだ。なんでも七大神全ての祈りを習得した挙句〝魔術〟や〝固有技能〟にまで精通している精鋭様なんだって？　すげぇじゃねーか」

嘘だ。

教会の、それも異端審問官に関する情報が外に漏れる事はない。

しかも〝私の二つ名〟を口にしただけではなく、その意味も知っているとなると、この男は王国か、教会関係者という事になる。だが、協力者がいるという話は聞いていない。

不確定要素だ。ここで始末してしまった方がいいのだろうが――、……出来るのだろうか。この状況で。

「もう一度言うぞ、俺は、アンタの敵じゃない」

「…………」

冷静に成れ。……私はこの人の敵じゃない。

相手の実力が推し量れないほど馬鹿でもない。このまま正面から挑みかかっても組み伏せられるのが関の山。私がこの人を殺すには、背後を取るしかない。――だったら、

「分かりました。納得します。確かに、〝私は貴方の敵ではない〟し、〝貴方は私の敵ではない〟のでしょう」

慎重に、相手の一挙一動に意識を向けつつも自分の両手を掲げた。

「一時休戦と致しましょう。私が悪かった。すみません」

隙を見せれば始末しますけど、今は、「私は貴方の敵ではありません。降参です！」

そんな風に両手を上げてアピールする私を見て、男は突然笑い出した。

「ははは、なるほどな？　彼奴の所に派遣されるだけあってなかなかの曲者らしい？」

「なんですか、それ」

「嬢ちゃんは可愛いなって事だよ」

意味が分からない。

猫を被る必要もなくなったので蹴り飛ばしてやりたかったが、恐らく躱されるだろう。

そうなったらますます癪なので大人しく経典をホルダーに戻し、椅子に座り直すとカウンターに肘を乗せる。

他人の第一印象は当てにならないというが、厄介な相手がいたものだ。少なくとも、これまで相手にして来た人間よりもずっと、手強い。

「上の彼に告げ口しますか？　それとも口止め料を？」

いや、きっとこの男は金は受け取らないだろう。

それに勇者に伝えるつもりなら私を排除してしまえばよかったのだ。――ともすれば、

「……身体が目当てだと仰るのなら、所詮は貴方も場末のならず者という事でしょうか」

だとすれば、私は全力でこの男を殺すしかなくなる。面倒な仕事が増える事には為るが、この男を殺した上で勇者も殺す。それでおしまい。それにて終了。お仕事完了――。

「ご満足させられる自信はありませんからねッ……？」

ちょっぴりヤケクソになりつつあるのを自覚しつつも睨んでやると今度は彼の方が両の手を開いて肩を竦めて見せた。

「悪いが趣味じゃないな。アンタは確かに美人だし、あと数年もすりゃ自然と他人の目も惹くようになるだろうが――、……生憎、女房と子供を亡くした身でね。今更他の女を抱けるほどの甲斐性もないんだ」

馬鹿正直に本当の事を言っているとは思えないが、嘘を言っているとも思えない、そんな不思議な感触だった。

「では、私に何をお望みに？」

あくまでも飄々とした店の亭主として振舞う男は得体が知れず、手のひらの上で転がされているのは確かなのに弄ばれる訳でもないのが実に気味が悪い。

力ずくで解決できる事案の方が私的には楽でいいのだ。

グラスの中の酒を眺め、悠々と私の煮えつく様を楽しんでいるとしか思えない変態趣味の相手は疲れるし、これならまだ勇者サマの御相手をしている方がマシだった。

「私は――、」「彼奴は、孤児院の餓鬼共の為に戦ってる」

じれったくなった私の言葉を遮るようにして男は切り出す。

「家族を失った彼奴にとって、新しく出来た家族は二度と奪われたくない宝物だからな」

言って彼はグラスの酒を流し込み、爛々と燃えるような瞳で私を見つめた。

「教会が神の御意志で彼奴を裁こうとするのは勝手だが、それは本当に〝神の御意志〟に沿ったものなのか、俺には分からねぇな」

それは憤りのように見えてその癖、私の心の中を覗き込むような遠慮のない視線だった。

「彼奴を殺るなら、覚悟しとけ。彼奴の意思は、……神々への信仰を上回るぞ」

「……神々への信仰をも、ですか」

「ああ」

……なるほど、孤児院の。

分からなくもない。よくある話だ。私だって孤児院出身ですもの。そこに想い入れが無いと言えば嘘になりますし、その為に働いてくれと懇願されれば多少は考えもしますでしょう。しかし――、「勇者サマは随分と高潔でいらっしゃいますね」

私は多分、そんな風には為れない。

「おいおい、なんて顔してやがる。可愛いお顔が台無しだぞ」

知らぬうちにカウンターの中で手を動かしていた店主が差し出して来たのは木製のカップだった。中には茶色い液体が注がれており、それは湯気を放ち、微かに甘い香りがした。ただ、何か苦い匂いも混ざっているような……？

「これは？」

「食後の一杯だ。西の方では酒の代わりに飲まれててな、ここいらじゃ珍しいもんかもしれねーが。……まぁ、騙されたと思って飲んでみな」

アルコールの香りはしなかった。

毒の可能性もなくもないが、……まぁ、この状況で回りくどい手は使って来ないだろう。

「頂きます」

料理は少しだけ残っていたが手を付ける気にはなれなかった。

殆ど操られるようにしてそれを口に含み、その途端広がった感覚に目を見張る。

「こ、これは……」

「な？　案外行けるだろ」

「………、まぁ、……それなりには」

ずぶずぶと不服ながらもそのまま啜る。

ちょっと熱めだけれど逆にそれが良かった。

僅かに香るのはミルクだろうか。紅茶とは違った感覚に職務を忘れて気が緩む。

「勇者だ英雄だって彼奴がどれだけ祀り上げられようが、俺に取っちゃ彼奴はただの生意気な餓鬼だし、危険な事に首を突っ込んで欲しくはねぇ。……ただ、そんな綺麗ごとで済む世界じゃないってのも俺だって知ってる」

そう言って左手の薬指に触れる男の表情は暗い。

もしかすると、嘗て結ばれていた其れを遥か過去に置いて来てしまったのかもしれない。

「上手く取り計らってくれや。約束してくれるなら朝飯の味も保証してやれる」

「……無理ですよ。私が神様の花嫁である限り」

「ま、そうだろうな？　ハナから期待しちゃいねぇさ――」

そうやって胸ポケットから取り出したのは煙草だった。

くしゃくしゃに巻かれた紙煙草にマッチで火を付け、店主は笑う。

「だが、世界が平和であるのは望む所だろ?」

屈託のない、人を惹きつける笑顔で。

「……そうですね。それには私も同意見です」

それは、随分と綺麗事でしかないのダケレド。

しかしそうなれば良いと、心から思う。

だって、そうなったら私の仕事って随分楽になりますもの。

「ちなみに、彼のいた孤児院とはどちらの?」

せせら笑う声に蓋をするように話を振る。

何気なく、下らない世間話の延長線上で。

しかし、私は店主の言葉の意味する所に息を呑んだ。

それは先日死んだ枢機卿の私庭だったのだ。

3

「……やられた」

夜遅く。周囲が寝静まった後、勇者の部屋を訪ねてみると返事はなく、祈祷術を使って開錠してみるとそこに彼の姿はなかった。

荷物は、置かれている。

つまり最悪のパターンではない――、という事は、

「っとにッ……、めんどくさいなァッ……!!」

私は窓を開け放つと祈りを捧げ、彼の居場所を探り始める。水面の中に手を差し込み、波を生み出して〝跳ね返り〟を探る様に、自分の打ち付けた楔を――、「――見つけた」

街の中ではない。外。魔族の住まう領域と人類との緩衝地帯にまで移動しているらしい。

「こんな夜中に何しに出かけてんだかッ……」

最低限の装備を部屋に戻って身に着け、外套を纏って部屋の窓から飛び降りるとそのまま街の外へと向かって走った。

「我が主よ、彼の者の元へ救済の導きで答え給え――、」

祈りを捧げ、神々によって齎される〝奇跡〟によって私の身体はぐんっと速度を増す。

祈祷術、能力向上。基礎中の基礎だ。

そして更に、呼吸を整え、「【身体強化】」固有技能を重ね掛ける。

「ッ――、」

踏み込み、大きく跳びあがった身体は屋根を越えてその先へ――。

跳ぶ度に骨が音を立てるが気にせず夜の空気を風へ、街の光を曲線へ変えて走る。

城門も飛び越え、ろくに整備されていない野原を疾走し、彼の元へと急ぐ。

なにが起きているのかは分からない。

――分からないから確認しに行くのだ。

最悪の予想が的中していなければそれでいい。魔王殺しの英雄。それでいて王国と教会から暗殺の指令が出ている〝要注意人物〟。

嘗て勇者が身を寄せていた孤児院はお世辞にも聖人と呼ぶには相応しくないシャウクス枢機卿の治める土地にあり、先日彼は殺された。

私もまた孤児院に引き取られたからこそ、そこで育った彼らがどのような気持ちでその仕打ちを受け入れていたのかは想像に難くない。帰る場所を失い、行き場もない子供達が縋りついた〝安息の地〟で、それを再び奪われぬ為にその命以外の何を犠牲にしたかなんて、考えるだけで虫唾が走る。

その噂を耳にしたとき、私は真っ先に彼の枢機卿を異端認定しようとしたのだけど、いまの立場では、逆に〝魔女裁判に掛けられるのがオチ〟だと上司に止められた。

だからこそ堪えた。

奴が失脚するか、うちの枢機卿が力を付けるのを助けもした。

しかし、そんな柵もなく、抗うだけの力を持っていたのであれば、恐らくきっと——。

「いや、余計な事は、いまは、」

考えるだけ無駄だ。——だから、追う事だけに専念する。

草原はいつしか森へと変わり、国境と呼ばれる領域は既に越えていた。

「一体何処へ……」

そうして、ようやく勇者のいるらしき場所が見えて来た。

「……魔族の、拠点……？」

幾つもの小さな布製のテントが見える。微かに火が灯っているのも窺えるが、こんな、所に？　何故……？　馬を使って来ても半日と掛からない場所に奴らが根城を構えていたとは驚きだが、魔王が討たれたことに何か関係が……？

ただ守りの柵は疎らで見張りも少ない。前線基地としてはお粗末な出来栄えだが、それでも拠点の広さから言ってその中で蠢く影は相当の数だ。

一旦枢機卿に連絡を入れ、騎士団、もしくは街の傭兵達の応援を要請することも考えたが、流石に街からは離れ過ぎている。今から応援を呼んだところで勇者の助けにはならないだろうし、開き直るのであれば、そう言った仕事は私の管轄ではない。

「まぁ、お手並みを拝見という事で……」

身を、潜める。

別にここで勇者が倒れるようなことがあれば知らん顔で埋めて帰ればいいわけだし。

なんなら魔族相手にその手の内を明かしてくれれば、私としては今後の仕事がやりやすくなる。勇者様には悪いが魔王軍残党の奮戦に期待さえもしていた。

まぁ、普段は王都中枢で人間相手に立ち回っている私としては、巷で囁かれる〝魔王軍〟とやらの実力はイマイチ実感の湧かない所なのだけど。

「って……、あれ？」

いつの間にか勇者の反応が消えていた。

もう一度波長を探ろうか悩んだがここから先、下手な手は命取りだ。術は使わず、気配だけでその居場所を探ろうとする。

――そして、殺意とも呼べないような、水面に木の葉が舞い落ちた時に生まれるようなほんの僅かな揺らぎが拠点の中央で起きたのが分かった。

「…………」息を殺し、拠点を囲う柵ギリギリまで近づく。近づいても尚、それ以降、中で騒ぎが起きている気配は感じられず、静かなものだ。

時折暗がりの中を二足歩行の、化物が歩いていくのが見えた。

――狼人。またの名を、血肉喰らい。

その名の通り狼と人を掛け合わせたような見た目の怪物だ。成体になると人間よりも一回りも二回りも大きくなり、好戦的で夜目も、鼻も利く――。

外套を深く被り直し、出来る限り闇に紛れるようにして柵に沿って移動していくとほんの僅かに獣の匂いに混じって血の香りがした。草陰を覗けば〝狼人〟の死体が血溜まりに沈んでいる。恐らく、勇者の仕業だろう。

――途端に拠点が騒がしくなった。振り返れば突如至る所から火の手が上がり、テントの中から次々と狼人が跳び出して来る。

人外の言葉が飛び交う中、遠く、燃え上がる火の手から金属と金属がぶつかる音が微かに聞こえてくる。音の出どころを探り――、突如、テントの一つが大きく宙を舞ったかと思えばそこに断末魔の悲鳴が重なる。炎が、大きく揺れる。

喧騒と悲鳴、繰り返される遠吠えの中、全身を紅く染めた影が踊るように暴れていた。

「なんて無謀な……」

傍から見ればそれは自殺行為に等しい。

狼人たちの振るう爪は一本一本が尖ったナイフのようで、蹴り出される足は丸太の様に太い。一発でも貰えば致命傷になり得るそれらをその影は飄々とした態度で躱し、切り裂き、踏み飛ばしていった。

その姿は〝英雄〟と呼ぶには趣きに欠け、また〝勇者〟と呼ぶには無謀だった。

例えるならそう、アレは「――蛮勇」「んぐッ⁉」

突然耳元で囁かれた言葉にホルダーから経典を抜こうとしたのだが腕は押さえつけられ、口を手で塞がれていた。

「…………‼⁇」

「しーっ……、……付いてくるかもとは思ったけど……思ったより早かったね」

勇者だった。

私がもごもご言っているともう一度「しーっ」と指を立てて静かにするように念を押し、首を縦に二度頷かされてからようやく解放される。

私と同じように深く外套を被り、気配を殺してはいるが間違いなく勇者エルシオンだ。

「え、なんで、でも――」

影は、未だに暴れている。しかし〝彼〟はここにいた。

「あー……、……まぁ、その事については後で説明するから。君は良いって言うまで出てきちゃ駄目だよ。じっとしてて」

「あっ、ちょっと!!」

聞く耳持たず。私の制止など気にする素振りもなく彼はテントから抜け出すと狼人の間を疾走し、そこで暴れる〝もう一人の戦士〟に呼応するかのように鮮血を描く。

――魔術――……？　いや、固有技能だろうか。

血の匂いに混じって僅かにヒトの発する魔力の残滓が漂ってくる。

ここからでは何が起きているのかを把握するには遠すぎた。

しかし、それがどれほど一方的な物かは見るまでもなかった。

倒される篝火――、増えていく死体の山を踏みつけ、火の中に地獄を描く様子は何処までも残虐で、得体が知れない。

「……この力が、ヒトに向けられたら――……」

一瞬、ほんの僅かに、七大枢機卿や、王国の貴族たちが彼の事を危険視する理由が分かった気がする。明らかにそれらはヒトの域を越えている。

単体では魔族に対抗する事など出来はしないとされている人間が、奇襲とはいえ、魔族を圧倒している。恐ろしい光景だった。在ってはならない力だ。

あんなヒト形をした化け物を放置していいわけがない。

魔族の脅威が消え去る前に。勇者(アレ)が魔族(エモノ)に気を取られている内に、始末する必要がある。

私は判断を誤っていたのだ。酒場の店主の言葉も、勇者(カレ)自身の態度も関係ない。

神々の加護がなんだろうと、ただお導きのままに殺せばよかったのだ。

——しかし、この混乱に乗じてなら——……、今なら——。

そんな狂宴(きょうえん)の中に踏み込もうとした私は、やはり判断を見誤ったと言わざるを得ない。

「——……?!」「…………!!」

背後に迫(せま)っていた脅威に、私はその時になって気付き、ソイツもたった今、私の存在に気が付いたらしい。

獣の瞳が、私を捉(とら)える——。

「……な」

——巨大(きょだい)な狼人の、怪物(バケモノ)だった。

本能的ともいえる動き出しの速さで腕が伸びてくるが、一日に何度も背後を取られた驚きは私の動きを鈍(にぶ)らせていた。

何かを思う間もなく太い指に捕(と)らえられ、全身の骨が悲鳴を上げる。

肺の中の空気が押し出され、反射的に唱えようとした祈(いの)りの言葉は途中(とちゅう)で遮られた。

「ちッ……、」祈祷術(いのり)がダメならと固有技能(スキル)で身体強化(Physical-Boost)を行い、脱出(だっしゅつ)しようと試みるが締(し)め付けに抗う事は出来ても跳ね返すまでには至らない。

「ッ……!!」

狼人としての特徴(とくちょう)は他の奴(やつ)らと変わらなかった。獣の身体に、ヒトの身体構造――。

しかし、他の個体よりも数倍身体はデカい。浮(う)き上がる血管や筋肉は刃物(はもの)さえ弾(はじ)いてしまいそうな程(ほど)に発達していた。

その上、全身を覆(おお)う毛は固く、全身が鎧(よろい)で覆われているかのように煌(きら)めいている。

「なんでッ……私が――ッ……!!」

出来れば余計な体力は使いたくは無かったが、仕方がないッ……。

一瞬だけ術式を発動させての固有技能(スキル)と魔術による身体強化の重ね掛けで無理やり指の隙間(すきま)から抜け出すと、そのまま空中で経典のページを千切り取り、術式に点火して炎を生み出す。消耗品(しょうもうひん)である経典を使うのは避(さ)けたかったが、背に腹は代えられない――。

「【爆炎招来(Blaze-burst)】ッ!!」

怪物の眼球を焼き、着地するとそのまま膝裏(ひざうら)に蹴りを一撃(いちげき)打ち込んだ――、が、思った以上に重心は硬(かた)い。岩どころか山でも蹴ったのではないかと思う程の反動に軸足(じくあし)が痺(しび)れた。

の、で、

「るぅら！」

即座に身体を捩じって経典片手に殴り飛ばす。

振り返ろうとする巨体目掛けて祈り、重ね掛けながら——。

「…………!?!?」

踏み込んだ足は大地を抉り、打ち出した右腕からは骨が砕ける音がしたが狼人の巨体は吹き跳ぶ。茂る木々を数本なぎ倒し、森の闇の中に。

——沈んで、沈黙した。

「はぁっ……、はーっ……」

右腕だけでなく、全身の彼方此方から込み上げてくる痛みを祈りで癒し、痛みが引いても尚、高鳴る鼓動にもう一度だけ大きく息を吸って吐き出す。

——思ったよりも手強かった。

人間相手なら二つ重ね掛ければ大抵は原型を留めないのに、「……死にましたよね……？　流石に」

バクバクと、引いたはずの痛みは幻肢痛のように心に残り続けている。

今のが通常個体だとは思えない。懸賞金のついた二つ名付きだったのかも知れないが、花嫁の立場ではボーナスは望めないし、マジ働き損……。

「はぁ……、さて、勇者サマは――」と、意識を切り替えた矢先――、それに反応出来たのは偶然でしかなくて、――しかし、躱し切る事の出来なかった私の身体は無様にも弾き飛ばされ、気が付いた時には地面を転がっていた。

「い……」

口の中に込み上げて来た血を吐き出し、顔を上げると同時に森の眠りを妨げるかのような獣の唸り声が辺り一面に響く。耳障りな殺意に思わず頬が歪む――。

「マジですかっ……」

先ほどよりも一層大きく見える巨躯は歪に傾いてはいるが、焼いたハズの瞳は治り始めていた。

魔族を侮っていた訳ではない。

知識としては理解していたつもりだったが、ここまでとは……。

瞳だけではない。皮膚を突き破って跳び出していた骨は見る見るうちに元の場所へと納まり、血の跡こそ残っているものの、切り傷などは完全に消えていった。

人類とは生物としての成り立ちが全く違うのだ。

桁違いとも呼べるほどの〝魔力〟によって身体を修繕し、補強することが出来る。

我々が魔族に対し、劣勢を強いられている理由の一つだった。

「私の仕事ではッ……、無いんですけどね……!?」

幾ら働いた所で骨折り損のくたびれ儲け。

実際に骨が折れるのだから全く笑えない。

私としては生き延びることが最優先で逃げてどうにかなるのなら逃げさせて貰う方向で行きたいのだが。……ただ、狼の瞳は私を捉えて離してはくれなかった。

こうなったら使える技は全て重ね掛けてでも壊すしか——。

諦めて持てる限りの技術を使って切り抜けようとした私の耳元で、

「大丈夫だよ」


そよ風が吹き抜けたかと思えば、銀の輝きは一直線に狼の右腕を切り上げていた。

「いま、助ける」

肩口の関節にねじ込まれた剣先を引き抜くと、迫る反対側の腕を難なく躱し、勇者は返す刃でその太い腕を軽々と切り裂く。

「はっ——……?」

まるで柔らかな獣の肉を捌くかのように狼の全身は血に染まっていく。

「一体……、何が……」

速さで勝っていると言う訳ではない。

動きで言えば狼人の方が数段上で、手数も完全に勇者の方が劣っている――。……なのに、それは彼を捉えきれない。紙一重で怪物の殺意を躱し、少しずつ、刃を突き立てる。

鋼で出来たような体毛の隙間の、関節の部分を浅く――、しかし確実に回数を重ねる事で深く。徐々に赤く染まって行く姿を見て、酒場にやって来た時の彼の姿を思い出した。

――なるほど。こんな戦い方をしていれば全身が返り血で染まってもおかしくはない。

「…………………!!!!」

業を煮やしたのは狼人の方だ。

勇者が捕まえられないのなら、と私に標的を変えると咆哮しながら間合いを詰め、腕を振り上げた。暗闇の中では木が倒れて来ているかのようにしか見えない其れを茫然と見上げている私の前に、「動かないでッ……！」

割って入った勇者が、その殺意を腕と肩で受け止めた。

「えへへッ……」苦し気に呻きつつも笑みは絶やさない。

そうして視線を怪物へと戻し、鋭く睨んだ彼は小さく息を吸いこみ、腕を微かに跳ね上げたかと思うとそのまま一直線に腕を縦に切り登る。

空いた腹へと跳びこみ、これまでとは違って全力で、雄叫びを上げながら切り裂くと振り向きざまにナイフを差し込み、切り上げ、反撃を躱して頭の上まで跳躍する。

空中に浮いた影を掴もうと振り上げられた巨大な腕を、――彼はその軌道を転がるようにして利用すると更に上空へと跳び上がり、外套をはためかせた。

それはまるで天から舞い降りた悪魔のようだ。

「るぁあああああああああああ!!」

叫びながら突き立てられた刃が巨体の瞳を貫く。抉るように手首を回し、巨大な指先が自分を掴み取る前に顔を蹴り潰し、私の傍らへと着地するとやはり笑って見せる。

「大丈夫だった?」「……ええ、まぁ……」

余裕すら感じさせる動きに言葉が出てこない。

隻眼となった怪物が私たちを見下ろし、苦痛に呻きつつも闘志は全く衰える素振りを見せない。人間を相手にしている時とは比べ物にならない程の圧迫感――。

そんな怪物を背に〝勇者様〟はただ微笑む。

「怖がらせちゃって、ごめんね?」

そう言った矢先、その巨体が真っ二つに割れた。

頭から、股まで、一直線に叩き割られた怪物の臓物が、降り注ぐ。

「んだァ……？　なんだかみみっちぃのがいると思ったら教会の花嫁じゃねーか」

大量の返り血を浴びながら、そうして〝もう一つの影〟が不機嫌そうに、獣よりも獣臭いナリをして、その男は私の事を見下ろし、首を傾げていた。

まるで気に入らないと、いまにも私たちを蹴り飛ばしかねない顔で。

「鮮血の……、ヴァイス……？」

「ぁあ？」

それは、嘗て〝勇者〟と呼ばれ、第一線を退いても尚〝人類最強〟と名高い英雄だった。

「だからいつも言ってんだろう。余計な気遣いはすんな。俺一人で十分だ」

「そんなこと言ったって師匠も良い歳なんだから、何かあってからじゃ遅いだろ？」

「ああ？　まだまだ現役だっつーの」

未だに火の残る拠点を〝勇者〟と〝英雄〟は口喧嘩しながらも息のある狼人に止めを刺して回っていた。いつの間にか戦闘は終わり、私が自分自身の治療を行っている内に段階は事後処理へと移行している。

　拠点に滞在していた多くが彼ら二人によって切り裂かれ、他の残党は仲間を見捨てて逃げ出したらしい。どうやら統率者不在では軍として機能しないのは人も魔族も同じらしく、ただの〝群れ〟でしかない此奴等を叩くのは簡単だと英雄は笑う。

「だが、ありゃなんだ？　他人様助けに入って窮地に追い込まれるなんざ、魔王を討ったからってデカい気になってんじゃねーのか」

「違うよ！　いつも通り師匠の動きに合わせただけだろ⁉」

「はッ、自分以外の誰かの働きに期待するなって教えたハズだが？」

「それは……まぁ、……いいじゃないか」

「良くねぇよ」

　鮮血のヴァイスと呼ばれるその男は数々の戦場を騎士たちと共に駆け抜け、多くの魔族を葬って来た〝傭兵上がりの英雄〟であったと記された書類を見た事がある。

　誰よりも前進し、誰よりも返り血を浴びて帰って来ることから〝鮮血のヴァイス〟。

　いまの勇者が現れるまでは〝勇者〟と言えば彼の事を指す言葉だった。

「いつも彼と共に戦場を？」

　尋ねる私に〝現勇者〟は狼人の耳を切り落としつつ答える。「煙たがられてるけどね」

師匠と名を呼ぶ響きに含むものを感じない訳ではないのだけれど、〝勇者の師匠が元勇者であった〟なんて話は筋書きとしては当然というか、よくある話なのかも知れない。

表舞台の著名人とは交流がないのでどうにも判断しがたいが。ただ、先ほどの二人の立ち回りを見ても固い信頼関係で結ばれているのは考えるまでもなかった。

血と炎の狂宴が、彼らにとっては〝予定調和の儀式〟の様にも見えたのだから。

「絶対師匠はロクな死に方しないと思うんだよね」

息を潜め、隠れ潜んでいた一体を刺し殺しながらも、何処か拗ねた様子で勇者が告げる。

それに対し普通の成人男性よりも一回りほど身体の大きな英雄は私の身丈ほどある両手剣で死体の山を貫きながら顎髭を撫で、嗤う。

「俺達が死に場所を選べるような身分かよ」

獰猛な見かけによらず知的な瞳が私を見据えていた。

ヒト種の英雄を多く見て来たわけではないが、まるで獣を思わせるそれは勇者や狼人達と似た匂いを感じはするものの、その中でもこの人物は異質だ。

底が見えず、得体が知れないのは宿屋の亭主と同じですが。

「で、教会の多重奏者が何してる」

「……？　まるち……？」

「神々に祈るモノ、という意味ですっ」

慌てて説明する私を面白そうに英雄は眺めていた。

――酒場の店主に続き、此奴にまで私の正体がバレている。

どうやら勇者はその通り名を知らなかったようだが、それを分かった上での発言だろう。

――余計な事をしたら、正体をバラす。そういう牽制だ。

「彼の、護衛を任されまして……。お近づきの印に祈りを捧げさせて頂いても？」

「謹んでお断りさせて貰おう。神サマに守ってもらうような柄でもねぇンでな」

「流石は英雄様でございますっ」

死ね!!

笑顔で応えつつも、願う。その身を神々に委ねれば楽に殺してやったというのに。

――そこから先は残党狩りと相成った。

「いつも、このような方法を？」

「正面切って殺り合うのは騎士の役目だからね。僕らは基本奇襲しか仕掛けないよ」

食料の備蓄庫などに火を放ちながら歩き回りつつ、いつのまにか拠点の外れまでやって来ていた。もぬけの殻となったテントが立っているだけで、地獄は嘘のように静かだ。もう死体も殆ど見かけない。

「彼らに見劣りするような技量でもないでしょうに」

「そんなことはないよ。少しでも弱さを見せれば、奴らの牙は其処に突き刺さる」

神々の寵愛によって〝絶対防御〟を持つ勇者の癖に、その口ぶりは真剣で、そんな様子を見て師匠は嬉しそうに笑っている。

「油断大敵。窮鼠猫を噛むじゃねーが、言うなれば俺らは象をも殺す蟻だからな」

随分と凶暴な蟻もいたものですねぇ……？

「先ほどの〝アレ〟は固有技能ですか？」

「ンぁ？　他人様の殺し方は聞いちゃいけねぇって神様には教わらなかったのか」

「……驚いたのですよ。まさかあんな風に、人が魔族を圧倒出来るとは思わなかったので」

実際、勇者の見せた動きと、英雄の狼人を切り裂いた一撃は人間離れしていた。

少なくとも、私に同じ真似が出来るとは思えない。

……限界まで重ね掛ければ、別だろうが。

「魔術なら多少なり心得がありますので、何かお使いなのでしたら教えて頂ければ……と」

「うーん……？　ご期待に添えなくて悪いんだけど、残念ながら僕も師匠も術式は殆ど使えないよ？　火を付けるとか、傷口を洗うとか、そういう簡単な奴だけ」

「つーか、戦闘中に小難しい術式を使える訳ねーだろ。こちとら固有技能だけで精一杯なんだよ。神様に愛されてでもいりゃ話は別なんだろうがなぁ？」

　そんなつもりはなかったのだけど、暗に釘（くぎ）を刺されてしまった。

「まぁ、嬢（じょう）ちゃんが神様の奇跡って奴を手ほどきしてくれるってんなら、固有技能（スキル）の一つや二つ、レクチャーしてやってもいいが、どうだ」

　手の内を明かさせるつもりなら、私もそれ相応の代償（だいしょう）を支払（しはら）えと言いたいらしい。

「救いを求めればいつでも神々はお助けくださいます」

「だとしたらちと難しいか？　神様なんてもんを当てにした奴から死んでいくのがこの世の常だ。祈る暇（ひま）があったら手や足を動かせってな」

　豪快（ごうかい）に英雄は笑うが、その笑みにも全くの隙（すき）を感じられない。

　この男の前では大人しく引き下がる他無さそうだ。

　勇者（このひと）の急所になり得る部分に関しては追々調べて行けばいいだけの話だ。幸いにもこんな所まで追って来た私に対して何の疑問も抱（だ）いていないばかりか、私を気遣うような素振りすら見せる。客観的に見て私はどう見ても怪（あや）しすぎるのにも拘（かかわ）らず、そのような者に対してさえ、寛容（かんよう）な態度（たいど）を見せるのが、勇者と呼ばれる所以（ゆえん）なのかもしれない。

「……と、ここまでだな」

　話している内に残党狩りも野営地の終わりに辿（たど）り着いていたらしい。

そうやって引き返そうかと踵(きびす)を返した矢先、——英雄(ヴァイス)が突然テントの一つを蹴(け)り壊した。

そのテントの中には小さな影が二つ、「狼人(ウォーウルフ)の……子供、ですか……」「ああ」互(たが)いを庇(かば)い合うようにして蹲(うずくま)り、彼(かれ)らは震(ふる)えていた。

「……魔族にも、子供がいるのですね」

「当たり前だろ」

馬鹿にされつつも、あまり想像してこなかったから。驚いた。

毛布に包まり、震える姿は年(とし)の頃(ころ)で言えば四歳とか、五歳とか、それぐらいだろうか。

小さく、まだ一人では生きていけないような、「……子供、ですか」

少しだけ、その姿が少しだけ重なった。戦争で両親を失った孤児達(こどもたち)と。

「その子は、……どうするのですか？」

記憶(きおく)に蓋をするかのように、特に何も考えることなく尋ねる。

確かに彼等は魔族なのだろうが、足元に転がる化物たちとは違い、何処か愛くるしくもあった。その耳も、口も、鼻も、鋭く伸(の)びた爪や牙は確かに人外のそれなのだけれど、言ってしまえばまるで子犬だ。しかし、

「どうするもなにも、殺すに決まってるでしょ」

暗闇の中、神の恩恵(おんけい)をその身に受けた勇者が顔色一つ変えることなく告げ、英雄(ヴァイス)は呆(あき)れ

たように肩を竦(すく)める。

「やめとけ、テメェの理屈(りくつ)は此処(ここ)じゃ通じねぇ。それとも、まさか子供だから見逃(みのが)せとかいわねぇよな、修道女(シスター)？」

「え、で、ですが――、」

困惑(こんわく)しながらも、自分が可笑(おか)しなことを言っている自覚はあった。

――魔族は敵だ。人類の、天敵とも呼べる存在であり、神々の言葉を介(かい)せぬ怪物たち。

だから、それが子供であったとしても、彼らを殺すことは正義であり、何も、間違ってはいない。間違ってはいない、の、だけど、「……っ……、」すぐそこで震える姿を見てしまえばどうしたって気持ちがざらつく。

頭では理解しているつもりだ。――だが、気持ちが追い付いてこない。

「所詮(しょせん)は神仕えの花嫁様か」

ヴァイスが勇者に目配せし、私の前に立ちふさがった。

僅(わず)かばかりの優(やさ)しさと、自分達が一線を越(こ)えた存在なのだという自嘲(じちょう)。

「やっぱり君は来るべきじゃなかった」

静かに告げられた言葉と共に幼い身体を剣は貫き、――血を吐き、涙(なみだ)を溢(こぼ)しながら息絶えるその姿を、私はただ見つめていた。

魔族は悪で、人類に仇成す脅威でしかない。何も間違ったことは行われていないのだ。

何も――、「殺らなきゃ殺られる。納得する必要はねぇ」「……そうですね」

そもそも、誰かの命を奪う事に正当性を求めるような立場でもないでしょうに。

「馬鹿馬鹿しい……」

口の中で溢した言葉はその想いと共に飲み込んだ。

――神の名の下に、全ての命は平等なのだから。


街へはヴァイスが乗って来たという馬車に揺られて戻る事になった。

防壁が見え始めた頃には空は薄く色づき始めていて、荷台でウトウトと私は反対側で静かに外に目をやる少年を何を思うこともなく見つめていた。

書類で知らされていた通り、歳は私とそう違わない。私だって、それなりに地獄は見て来たつもりだし、綺麗ごとだけの世界で生きているとも思ってはいない。

けれど、どうにも、見えている世界が違うのだろうという考えが繰り返し浮かぶ。

人と魔族では基本的な性能が全く違う。それを身を以って経験した。それを一方的に嬲る事の出来る脅威も――。

「光よ……どうか、我が行方に導きを」

重くなった瞼で幾度となく唱えた祈りを捧げ、曖昧な意識のまま運ばれた。

うとうと、うとと。旅の疲れと、戦闘に巻き込まれた過労で柄にもなく緊張の糸が緩み——、「ほあっ……?!」目が覚めたのは荷台を蹴り飛ばされる感触でだ。いつの間にか宿の前まで戻って来ていて、渋々私達が荷台から降りるとヴァイスは欠伸を噛み殺しながら「他に宿を取ってある」と言って御者台に戻るとそのまま去っていった。

「二度と、俺の前に現れるなよ」とも。恐らくそれは私ではなく自分の弟子に向かって告げていた節があり……、なんだか複雑な事情がありそうですねぇ……？　とは思ったものの、どうにも頭が回っておらず、半ば勇者に支えられるようにして二階まで上がるとそこで限界が訪れた。縺れるようにして倒れ、それを勇者に支えられたのまでは覚えているのだけれど、そこから先の記憶はない。

ただ目が覚めた時、私は見知らぬベッドの上で、神官服以外の装備を一切外された状態で天井を見上げていた。

「……嘘でしょ……」

不覚を取った。殺されていた可能性だってある。少なくともマスターは私の正体を知っているのだ。自分の身体に何の違和感もない事を確認してから起き上がり、——勇者は部屋の隅で寝息を立てていた。

どうやらベッドを占領してしまっていたらしい。装備を外すこともなく、外套を巻き付けて床に座って眠る姿からは用心深いというよりも強い拒絶の現れの様にも思える。

そんな彼の元に、私は何を想うわけでも無くそっとナイフを取り出し、歩み寄る。

色々と思う所はあるがこれだけは確認しておく必要があった。

実際の所、〝神々の御加護〟なんてものを真に受けているのは敬虔な信者だけだ。

神様なんてものは存在しない。祈祷術と魔術、そして固有技能というものを論理的に解明してしまえばその事実は見えてくる――。

そうして、勇者の身を守る〝加護〟とやらの正体も。

故に、ナイフを、振り下ろす。

殺意を込めれば勘づかれる。

だから、幾度となく繰り返して来たように感情を無にし、ただ、無意識のうちにナイフを〝何の奇跡も起きはしないであろう勇者に向けて〟、振り下ろした。――が、

「…………ですよねー」

ぱきーんと、折れたナイフの刃先は勢いよく宙を舞った。

甲高い金属音に彼が目を覚ますかとも思ったがどうやら相当深く眠りについているようで、全く目を覚ます気配はなかった。

何処かから誰かに見られていないか気配を探(さぐ)るけれど、私の感知出来る範囲(はんい)には誰も潜んでおらず。少なくともこの部屋には私と彼しかいない。

神々の加護なんてものは存在しない。

しかし、事実として刃物は通らない――……。

「あーっ……、めんどくさいなァ……？」

こうなっては当初の予定通り取り入るしかなさそうだ。

他人が部屋にいては装備すら外さぬ勇者相手に、篭絡(ろうらく)せよと命じられるがままに。

「あーメンドクサイメンドクサイ……」

こういう時どうすれば距離(きょり)を詰められるだろうかと考えるけれど色恋沙汰(いろこいざた)には縁(えん)がなかった私にはこれといって手が浮かばない。それに、色気で誘(さそ)うのではなく、〝心を開かせる〟だなんて、それこそ神父か聖女の役目だ。私にその才能があったのならきっと執行官(しっこうかん)としての命など受けてはいない。……なら、どうするか。

「……はーっ……」

しばらく悩んだ末に結果として当然の流れとなった。

普段(ふだん)、負傷者を手当てするのと同じように、眠りこけている勇者の外套(がいとう)を外し、その血(ち)塗(まみ)れの鎧を脱(ぬ)がしに掛(か)かる。

目が覚めれば拒絶されるかも知れないが、それでもベッドを占領してしまった手前、このまま椅子で寝かせておくのは気が引けた。幾ら勇者と言えど夜通し戦えば疲れは溜まるだろうし、戻るまでの道中も外に気を配っていたようだった。

だからこれは正当な〝処置〟なのだ。

勇者サマに何と言われようが後ろめたさなど微塵もない——。

「それにしてもどうしてこうも複雑なのでしょうね……？」

装備一式、軽装ではあるものの、いざ取り外すとなると革製のそれらはどうにも扱い辛い。きつく締めあげてあるし、切り落としてしまいたくなる程だ。

少々乱暴になりつつもどうにか装備を外しきり、流石に服を脱がすのはやり過ぎかと思ったのだけど返り血が乾いてパリパリになっていたし、どうせベッドに運ぶのなら着替えさせてしまおうと教会の手伝いの要領で襟元のボタンに手をかけ、それらを外していった矢先——、目の前の光景に思わず指が止まった。

「…………あれ……？」

思考も、もしかすると、時間すらも止まっていたのかも知れない。

程よく、鍛えられた身体はそれでも細く、所々に加護を受ける前に付いたであろう傷跡も見受けられる。しかし、そんなものはなんてことはない。勇者が初めから勇者であった訳ではなく、戦果を上げる中で勇者となったのであろうから。何も不思議な事ではない。

「……だけど、これってつまり……」

色んな考えが頭の中を巡る。

ヒト違い……？　いや、だとすれば、ナイフの先が折れたのはどう説明する？

……そもそも本人だけではなく、周りの人々もこの子を〝勇者〟だと呼び、認識していた。本物の勇者を守る為の芝居――、……いや、あの傭兵達がそんな器用な事が出来るとは思えない。だから、私が偽られていたとか、そう言う話ではなくて、――仮に、そう、騙されていたのだとしたら、私だけではなく、最初から、全人類が、騙されている。

この事実を知らず、勇者を、崇めている。

「こんなのって……アリですか……？」

魔王を討った勇者は、私が籠絡し、暗殺しなければならない相手は、

――私とそう歳の変わらない〝女の子〟だった。

「女相手になにしろって言うんですか⁉」

自室に駆け戻った私は真っ先に枢機卿へと回線を繋いだ。

「だから言っただろう。君の純潔を捧げる必要はないって」「そう言う話じゃ――、」……いや、待てよ。まさか、コイツ――、「無論、知っていたさ。僕は枢機卿だよ？　勇者エルシオンが実は女性でそれを隠していることぐらい、気付いていないとでも？」

マジ殺すッ……‼

「知っていながら、どうして教えて頂けなかったのでしょうかッ……？」

「真実の愛が在れば、すぐに気づくと思ったからさ。ちなみにエルシオンと言うのは偽名で、本当はシオン・クロイツウェルと言うそうだ。それにしたって案外気付くのが早くて驚いた。まさか、もう就寝を共にするような仲になったのかね？」

「違いますよッ……‼」

ていうか、無駄な体力と魔鉱石の残量をそんな事で浪費したくはない。

「つまりは此処までの展開は枢機卿の思い通りってワケですね……？」

「無論だ。〝楽園計画〟に抜かりはない」

のわりに計画名、ちょっと変わってません？　言ったら喜びそうだから言わないけど。

「そもそも、勇者暗殺に関しては僕は反対なんだ。君が勇者を篭絡して、ラブリーな意味でハートを射抜いてくれる方がずっといい」「ああ、そうですねッ！」私としては、それはそれで面倒なんですけど⁉

勢いに任せて通信を切ろうとしたのだけど「あ、ちょっとちょっと」と制止が掛かった。どれだけふざけていようと上司であることに変わりはなく、呼び止められてしまえば聞かざるを得ないのが辛いところだ。どうせロクでもない話だろうに。

「君達、国境の狼人を討伐したって本当かい？」

随分と耳が早い。しばらく意識を失っていたとはいえ町に戻ってきてから数刻しか経っていないというのに、耳に入るのがどうにも早すぎる予感がしないでもないが――、「……事実です。私は何もしていませんが……」

何処まで、見えているのだろう。……時々この枢機卿の情報収集能力が怖くなる。「我らが国土を荒らさんとする魔王軍残党をその牙が届きうる前に始末できた。それは喜ばしい事ではある。称賛されるべきだし、実際に市中ではその話が流れ始めている。勇者様は流石だ。俺達を陰で守ってくださって――、なんて具合にね」

――不味い。と自然と頬が強張った。

「なにが言いたいのでしょう……？」

ああ……、もう、ほんとお腹痛い……。


「　他の枢機卿がご立腹だ　」


「ですよねー……？」

そりゃそうでしょうね。これ以上、勇者に武勲を打ち立てさせない為に私という毒を送ったのに、到着して早々〝迫りくる残党を打ち払った〟などと聞かされれば〝送り込んだ執行官は一体なにをしているのか〟と叱責されるのは当然だ。

実際は英雄の活躍があったからこその戦果なのだが、それを言っても信じては貰えないだろう。

彼は数年前から人前に姿を見せていない。

「事の成り行きとはいえ、申し訳ありません……。些か想定外の事が重なりまして……」

「――とはいえ、責めるつもりはないさ。これも神のお導きということなのだろう。気にすることはない」

なら、言うなよ。とまでは言わないが、釘を刺すような上司に少しだけイラっとしたのは事実だった。

……本当に、何処まで見えているのやら。

「では、任務に変わりはないという事で」

「うん」

言って通信を切る。

「ぁ～……、、、」マジかー……とその場にしゃがみ込み、膝を抱えて転がる。

だって相手女だもん。同性相手に色気は通じないし、〝そういうのを相手する連中〟とは交流がない。

てか、これまで送られた美女たちを送り返してたのって、ただ単純に〝同性だったから〟じゃん。送り込むなら男だったんじゃんー……。なにまた〝同じ女〟送り込んでんのさ、馬鹿なのうちの枢機卿――……。

「…………いや……、悪趣味なのは違いないけど馬鹿じゃない。馬鹿じゃない、きっと」

そうであって欲しいという願いも込めて繰り返しつつ、先行きがますます見通せなくなったことに対し神に祈りを捧げ、最低限の荷物を持って部屋を出る。

目指した先はこの街を治める七大枢機卿で、昨日は門前払いされたというのに私が顔を出すと面会の許可は簡単に下りた。

石を切りだして作られた大きな聖堂内は広く、王都の大聖堂とまでは行かないが、それでも知り得る限り、かなり大きな部類に入る。

ただ、案内されたのは聳え立つ二つの塔の先でもなければ、通常の客人を持て成す応接間でもなく、石階段を幾つか下った先に設けられた薄暗い〝地下の拷問部屋〟だった。

「いやはや、どうにも悪趣味で申し訳ない」

案内してくれた神父が扉の向こうに下がると部屋の中央で待っていた〝彼〟は微塵も悪びれる様子もなく、笑った。

「事情が事情だからねぇ、君との話を誰かに聞かれては困るのだよ。理解してくれると助かるのだが」

「承知しております。何やら不穏な影も見受けられるようですので」

呆れるフリをして、最悪の展開に備えて部屋の中の物を把握しておく。唯一の出口である鉄の扉は外から鍵を掛けられたようなので蹴り破るしかないが、それはまぁ、どうにでもなるだろう。あくまでも〝最悪の場合〟なのだから多少の無理は許容できる。

――それにしても、ほんとうに……悪趣味だ。

部屋の中に設置されている器具は〝殺す為のモノ〟ではなく、〝壊す〟為のモノだ。肉体を、精神を。痛みと快楽で。麻痺させる器具。

　黒く変色した床はそれに掛けられた者たちの命の染みか。

「不届き者は一刻も早く捉え〝然るべき罰〟を与えねばならぬ。それが彼の者への救いともなるであろう?」

　死んでいった枢機卿への手向けに拷問だなんて、……七大枢機卿の多くは少なからず変わった部分はあるがキリウス枢機卿はその中でも特別歪な存在だ。

　話しているだけで魂が汚染されそうになるので手っ取り早く謝罪を済ませる。

「この度は私の不手際によりご心配をお掛けするような事になり、誠に申し訳ございませんでした。つきましては如何なる罰も受け入れる所存でございます」

　頭を下げさせられた事への舌打ちは、心の中に留めた。

　必ず、あのクソ眼鏡を叩き割ってやると心に誓いながらゆったりとした足取りで私に近づく枢機卿に神経を尖らせる。

　七大枢機卿の命令は絶対だ。

　たとえ其れが〝対抗派閥の枢機卿からの御命令であったとしても〟、従う義理はないが、従う責務は生じる。

　そう言うものなのだ。教会内における〝七大枢機卿の立場〟というものは。死なないかな、枢機卿全員。

「君の暮らしていた場所ではどうだったかは知らないが、この地は国境に面しているからかどうにも異教徒の活動が賑やかでね。勇者の活躍などは実に広がるのが早いのだよ。彼らの生き死にが自らの生死に直結するからだろうが――、どーぉにも血の気が多くて敵わん。出来れば私も中央勤めしたいものだがね……？　生憎席は限られている」

「……それは、きっとこの地でやるべきことがあるというお導きなのではないでしょうか」

「ふむ……、だろうな。顔を上げたまえ」

「…………………」

うちの上司なら蹴り飛ばしていたところだがぐっと堪えた。

「私はね、実際の所、細かい話はどうでも良いと思っているのだよ」

背後に回り込む枢機卿の気配はねっとりと纏わりついていてとても鬱陶しい。

そうして私の心中など察する様子もなく、彼は続けた。

「彼の英雄の口から〝神を侮辱する言葉〟を引き出せさえすれば、後は私に任せよ。どれほど強靭な肉体の持ち主であっても、神の前では心を折るものだ。そうであろう？　アリシア執行官――」「……そうですね」

そして、その実、そのような言葉すら引き出す必要がないと、この男は告げていた。

罪の告白があろうとなかろうと、最終的にその言葉を引き出してしまえばいいのだという事だ。

一体、どれだけの罪人がそうやってここで弄ばれ、砕かれていったのか。

いまはただの染みとなって残る魂に私は心の中で同情する。

そう楽な最期ではなかっただろうに……。本当に、反吐が出そうだ。

「誘導できるようには努力いたします。私も、早く仕事は終わらせたいので」

「分かっているのならば宜しい。勘違いして貰っては困るのだが、私は、君を高く評価しているのだよ。アリシア・スノーウェル？　その若さで実に君は……」と私の髪を指先で絡めとっては匂いを嗅ぎ、枢機卿はいまにも舐めて来そうな距離感で、鼻息を荒くする。

「全く、昂ってしまいそうだ」「………そうですね」

扉を蹴り開けたりしたら、……流石に遺恨を残すだろうか。

「もし仮に、君が神の御意志に背くような事があれば、私が〝贖罪〟に付き合うことになっている」「それはそれは……」

目に留まるのは拷問器具の数々。

あー、嫌ですねーホント。

「そうならないことを祈っているよ」

「はい」

微塵も思っていない癖に。

むごご、とか意味不明な鼻息を鳴らして離れたキリウス枢機卿はそれらの器具に責められた私を想像してか身震いして実に気持ちが悪い。

クソ眼鏡ならまだしも、余所の枢機卿を蹴り飛ばす訳にはいかないし、いざとなったら即時撤退。祈祷術で鍵開けでも何でもして逃げるつもりでは居たのダケド、本気で殺してやろうか、この枢機卿。

――とまぁ、真面目に後の面倒を上司に押し付け、神々の名を騙って好き放題する愚か者を消し去ってやろうかと思った矢先、変態は枢機卿然とした態度を取り繕って微笑む。

「とまぁ、話はこの程度にしておこう。これ以上、君の時間を割いてしまっては神々に失礼と言うものだろう。参考になるかは分からないが、我々が独自にまとめた〝彼の書類〟が上に用意してある。目を通していくとよい」

「……ありがとうございます。お力添え、感謝致します」と、頭を下げた私の上で〝むっふー！〟と鼻息荒く吹き出す豚。

思わず息を止めていた。

ぶっちゃけ、生理的に、無理。

しかし何事もなく扉は開かれ、私は毅然とした態度を崩さぬままにその場を後にする。

クソ眼鏡が力を付けたらその時は、躊躇なくその首を刎ねてやると、神には誓ったが。

ただ一つ、嬉しい誤算だったのだが、用意されていた書類は割とちゃんとしていた。

あの枢機卿の力というよりもその部下の手腕なのだろう。簡潔かつ明瞭にまとめられた勇者の活動記録はまるでそれを傍で見て来たかのような細かさだ。もしかすると国境に近い事が影響しているのかもしれない。正直、私達の所に転属になって欲しいくらいだ。

――元々〝彼〟、もとい、〝彼女〟は前線ではなく、敵地奥深くに単身で乗り込み、幹部の首を上げて居たらしい。だからこそ、民衆はその活躍を聞き及ぶことはあっても直に見る機会は少なかった。それ故に勇者に対する英雄像は神々に匹敵する程にまで膨らみ、その戦闘スタイルに関する情報は限られていた。

「幽霊の正体見たり枯れ尾花――……、とは、少し違いますかね」

所詮は紙の上に綴られた物語でしかなかったが、それでもそれを辿ることで〝実像〟は随分と鮮明になりつつある。

後は、本人で確かめるだけ、なのだが――、

「さて、どう転ぶか」

落胆気味に酒場の扉を潜るとその期待値は最低まで引き下げられた。

「おうおう、英雄サマのお帰りだァっ！」

「「「　あねごぉおおおおおっ!!!!　」」」

「…………………………あー……？」

私を出迎えたのは戦場から戻って来たらしい傭兵共の絶叫だった。頬の痙攣が止まらない。まだ日も傾いていないというのに随分と出来上がっている。ここの連中は昼を過ぎれば酒盛りするのが通例なのだろうか。

「まさに俺らの？」「「「女神様ぁああ!!」」」「お胸はちょっぴり」「「「成長期ー！」」」

ぶち殺すぞ。

私の殺気を無視して繰り返される大合唱。

彼らは昨日のいざこざをまるで気にすることなく、店内を通り抜けようとする私に馴れ馴れしくも声を掛けて来る。酒の力もあるとは言ってもこれだけ手のひらがくるっくるっになっていると（くるっくるっなのは頭か）苛立ちを通り越して不気味でもある。

「私、貴方達に何か恵みましたっけ」

見知った顔に尋ねると胡麻をすりながら擦り寄って来ていた三馬鹿は「そりゃぁあもうっ……！　えへっえへへえへ」あー……、変態といい勝負かも知れませんねぇ……？

酒臭さにも拍車が掛かり、私が仰け反っているとカウンター内で苦笑いを浮かべていた店主が答えてくれた。

「此奴等はな、アンタら二人が壊滅させた魔王軍残党の〝生き残り〟を狩って回ってたのさ。さながらハイエナのようにな」

「そんなぁー、殲滅戦も立派な仕事ですぜぇ、ダンナぁ～」

その声止めろ。そしてもみ手も辞めろ。

「……私は何もしていませんし、姉御呼ばわりされる筋合いはありません」

「いやいや、アンタらがおっかねぇのを引き受けてくれたおかげで俺らは楽に仕事出来たんだ。死人だっていつもよりずっと少ねぇ。神様サマサマだよ」

それでも、死人は出たのか、と少しだけ沈んでいくものがあった。

ただし、彼らはそんなことを微塵も気にする素振りを見せることなく笑う。

「これからは毎週教会にだって顔を出してやるぜ。なぁああ？」「「「ぅおおおおおお」」」来るなら酒を抜いてこい。

「はぁ……」

私は彼らを意識の外に押しやることに決め、カウンター席に腰かけて項垂れる。

「確かに……大きいのを一体、〝彼ら〟が仕留めましたが……。……それだけで変わるものですか？　仮にも相手は魔族でしょうに」

「まぁな」

マスターは肩を竦め、私が喉が渇いているといったら「昨日のアレ、冷えてるのもあるがどうする？」と勧めてくれたので、それを注文した。兎にも角にも少し気持ちを落ち着かせたかった。

――しかし、「魔族は魔族でも此奴らが狩って来たのは子供だからな。爪と牙は有っても所詮は未成熟体だ。取り囲んじまえばなんとでもなる」

「……はい？」

職業柄、自然と後ろで交わされる会話は耳に入って来た。

自慢気に、追い込まれ、怯えた様子で抵抗してきた姿や、他の子どもたちを守るために特攻を仕掛けて来た子供の話を嬉しそうにする声。

実際それは傭兵達にとって〝魔族を討った〟という事実に変わりなく、そこに大人子供は関係ないのだが――、だが、「……ッ、」「いっ……⁉」――気が付けば私はカウンターに経典を叩きつけていた。

「あ……、姐さん……？」

静まり返った店内で、傭兵共は尻を椅子から浮かせて固まっていた。

――違う。この考えは、違う。

ゆっくりと息を吸って、吐き出す。

「……すみません。取り乱しました」

無意識のうちに経典の表紙を撫でていた。それは神々の言葉を綴った聖典であり、常に道を見失い、光を求め彷徨う人々にとっての道標だ。内容はすべて頭に入っている。

魔族は闇より生まれし人類の天敵。殺戮と略奪を好み、調和を乱す悪しき存在だと、記されている。――だから、迷う必要はない。寧ろ、取りこぼした〝悪の芽〟を彼らが摘み取ってくれたと感謝し称えるべきなのだ。だって、彼らは〝神々に代わって仕事をした〟のだから。賞賛されるべき行いで在って、罰せられるものでは無い。

「慣れない場所に来て、相当疲れが溜まっているらしいな」

そう言ってマスターの差し出したグラスに入っていたのは昨夜出されたものよりもずっと色合いが薄く、甘い香りがした。

彼は私に気遣ってかまだ何か言いたげだった三馬鹿を追い払い、自分のグラスにボトルから酒を注ぐとそれを軽く掲げる。

「今日一日生き延びることが出来た。彼奴らにとっちゃ、それだけで祝杯物なのさ」

視線の先には気まずそうにしながらも照れ笑いを浮かべる馬鹿共。私にとっては鬱陶しい連中でしかないのだが、彼にとっては子に等しい存在なのかもしれない。

子供扱いするには、些か歳を食い過ぎた連中だとは思うが。

「別に……、考えることが多すぎて参っているだけです。彼の事にしろ、教会の事にしろ、どうにも余計な都合というものが多すぎまして」

弱きを助け悪を討て。

そう単純な理論で世界が回っていると思っていられる程、この仕事は綺麗ごとばかりではなかったし、全知全能を謳う神であっても綻びは生じる。

その不完全性が故に私たちは産み落とされ、その不完全性を補う為に私たちが存在しているのだから自然と私たちはより良き方向へ向かうべくして向かっている。そう、信じて来た。——だが、「……どうにもしがらみが多くて嫌になる日もあります」

珍しく吐いた弱音を口に出してから後悔し、出されたグラスの中身を飲み干した。

甘く、それでいて苦い。

酒の様に感覚をぼやかしてはくれないけれど、それでも多少なり心が落ち着いた。

マスターに軽くお礼を述べ、銀貨を一枚差し出して腰を上げる。枢機卿達にそれぞれ思惑があり、その意思に沿えなかったのは私の落ち度ではあるが、私は彼らに忠誠を誓った騎士でもなければ奴隷でもない。私はただ、神に仕えるだけ。後の尻拭いは——、……あの眼鏡が引き受けてくれるだろう。

そうと決まれば悩むだけ無駄な話。

私は、〝勇者に取り入る〟。たとえ相手が女であろうと。

……まぁ、相手が男だと思っていた時以上に不安しかないのだけど。これも神々のお与えになった試練なのかなぁー……？　なんて。元より放り出す訳には行きませんし。職務放棄は神々への叛逆ですからねー（あー、メンドクサイ）。と、二階に向かおうとしたのだが、見越したようにマスターは食事を載せたトレイを差し出して来た。

「上の彼奴に届けてやってくれ」

「花嫁を給仕代わりとは良いご身分ですね」

「そう言ってくれるな。此奴らの相手で忙しいんだ」

確かに私と話しながらもその手は常に動いており、次から次へと注文が飛び交う。

「給仕係をお雇いになっては？」

「好き好んでこんな奴らの相手をしたがる物好きはいないさ。――ほれ、合鍵だ。神様に愛されてるアンタにゃ必要ないかも知れないケドな」

「無法者共の教育不足は店主である貴方の責任なのでは？」

「誤解されやすい連中ではあるが、悪い奴等じゃねぇのさ」

「ああ……、そうですか」

別に興味ありませんけど――。言って木製のトレイを受け取る。そこに並べられているのは野菜と肉を挟み、綺麗に切りそろえられたパンと先ほど私が飲んだ飲み物。後ろで飲み食いされている料理と比べれば随分と軽い。

「……これでは……、昼食というよりも朝食なのでは……？」

「多分まだ寝ていると思うぞ？　彼奴は」

一夜、外で行動したからと言ってちょっとお寝坊が過ぎるのではないだろうか。

「お子様だからな」

マスターは笑い、私は肩を竦めた。

「そういうこともありますか」「ああ」

何とも間抜けな話だ。勇者が、布団から出て来れなくなるだなんて。

トレイに並べられた料理を持って階段を登っていると孤児院時代の記憶が脳裏を過った。

部屋から出てくることの出来なくなった孤児に料理を運ぶのは私の役目だった。

魔族に襲われ、村を、家族を失った子供は、外の世界を怖がり自分の世界に籠るようになる。それに言葉を掛け、神の言葉で以って光の下に歩き出せるように導く。

それが孤児院での私の役目だったし、だからこそ枢機卿から声を掛けて貰えたときは嬉しかった。神様への献身が実ったのだと。感謝すらもした。

——異端審問官としての採用だと知った時は殺してやろうかと思ったが。

それでも、その導きに従ったのも偏に彼らのような子供達を多く救うためだと納得出来た。光を失い、闇を彷徨う子供達を一人でも減らす為に、私は〝闇を呼び込む者〟を殺し続けるのだと、それが平穏な日々に繋がるのだと信じることが出来た。

祈祷術の原理を解読し、神々が教会の人間によって作り出された都合の良い虚構の存在で、私の殺して来た人間は神々の教えに背く愚か者ではなく、〝教会に取って都合の悪いただの人間だった〟と気付くまでは。

「エルさーん。エルシオンさーん。起きてますかー」

どう声を掛けるべきか少し悩んだものの、取り敢えずは普通にノックして、普通に接する。相手が同性だと分かったのであれば、親しみやすさで攻めるしかないだろう。勇者エルシオン——もとい、勇者シオンが同性愛者である可能性もあるが、そこまで拗れてないだろう。仮にそうだとしたらこれまでの美女軍団を見逃すのも変な話だし。

「…………起きてるな。これは」

ノックの返事は沈黙だったけれど微かに物音が聞こえた気がした。寝起きが悪いのか、それとも〝警戒されているのか〟。

恐らく後者だ。鎧を脱がせたのが私だという事はおおよそ察しが付いているだろうし。

マスターも恐らくはその辺の事情を分かっての事なのだろう。

信頼されていると考えてよいのか否か。

はてさて、どうしたものか……。

教会の使者相手にいきなり襲い掛かってきたりはしないだろうけど、万が一という事もある。慎重に鍵を差し込み、回すと確かな手ごたえと共に錠は開いた。片手でトレイを持ちながらも、もう片方の手は経典に添えて扉を肩で開ける――。

さて、勇者サマは――、「――あー……？？？」なにこれー……？

そこに〝あった〟のは繭のように丸まった毛布で、大きさからしてもその中に勇者が包まれているのは明白だ。けど、……何してるの、この子。

「あのー……エルシオンさん……？」

呼びかけてみると一応の反応はあった。

毛布にくるまって怯えているのは勇者サマで間違いないらしい。

いや、怯えるなよ〝勇者〟だろ。

「なにをして……、いらっしゃるのですか？」

「……なにも……、してないけど……？」

毛布の中から返って来るくぐもった声。

何もしてないのは、いや、まぁ、そーでしょうけど。

「少し意外ですね。勇者とまで称えられるお方ですから、もっと毅然としていらっしゃるのかと思いきや案外可愛らしい所もあるんですね？」

「なっ……!!」

ちょっと揶揄ってみたら顔が出て来た。にょきっと。亀みたいに。

顔色は――、……悪くない。

体調的な問題なら祈祷術でどうにでもなったのに、精神的な物となると心底面倒だ。

「大丈夫ですよ。お気になさらずとも。貴方が女性であることは教会も認識しておりましたので」「……えっ……？」

否、枢機卿は、デスケドネ。

「それ、本当……？」「ええっ」

恐らく本人が一番気にしているであろうことに切り込むことにした。こういう手合いは手短に、最短ルートで攻めるのが手っ取り早いのは孤児院時代からの経験則だ。

「勝手な真似をしてしまってすみませんでした。ただ、私の仕事は勇者様に万全の状態を保ってもらう事ですので。ご理解いただければ、と」

あくまで〝それが自然〟だと言わんばかりに振舞い、様子を窺う。

　ここで戸惑いを見せれば負けだ。

「手前勝手ながらも少しでもお休みいただければと思ったのですが、……驚かせる結果となってしまいましたね。考えが及ばず、申し訳ございません」「あっ……い、いやっ……？　えっと……？」

　謝罪の言葉を述べつつも主導権は渡さず、私は自分のペースに彼女を巻き込んでゆく。

「朝食をお持ちしました。こちらをお召し上がりになりながらで構いませんので少しお話をいたしませんか？　昨夜のように勝手に抜け出されては私も追いかけるのが大変なので、……多少は、親睦を深めさせていただければと思うのですが？」

　言いながら皿をテーブルに置くとそっと笑みを向ける。展開は押し付けつつ、最終的な判断は相手に委ねた形となる。

　最後の最後まで一人で距離を詰め、無理やり引き寄せたとしてもそれは逆効果になりかねない。ある程度近づいた後、最後の一歩を迎え入れる体制で待つのがなんだかんだ言って一番上手く行くのだ。

　かつての孤児院でのやり取りが思い出され、少しだけ懐かしい気持ちにもなるが――、あの頃の私が見れば軽蔑するだろうな。

　まさか異端審問官となり、相手を殺す為に使うことになるとは。

「シオン様」

びくっと、本名を呼ばれた事で彼女の毛先が小さく跳ねた。

どうやらその名前の響きすら彼女にとっては特別なものになりつつあるらしい。

「教会は……、……勇者が女だと困るんじゃないの？」

「どうしてですか？」

「どうしてって……」

再び勇者は頭の半分を毛布に引っ込めてもごもご言い始める。

勇者が女だった。そこに問題があるかだって？　――大アリに決まってる。

女が英雄になったことは一度たりとも無いし、在ったとしても聖女認定までだ。私がどれだけ献身的に仕えようとも司祭どころか助祭になる事すら許されないだろう。

女は所詮〝神の花嫁〟でしかなく、神に愛され、守られ、英雄を支える存在。始まりの神が男で、その骨から女神が生まれた。全てはそれだけの話ではあるけど、だからこそ、〝女は英雄にはなれない〟。――否、なってはならない。

それは本来の役目から逸脱した行いで在り、叛逆でもある。

それを分かっているからこそこの子は偽っていたのだろうし、偽っていたという事実がある以上、罪に問われる可能性は十分にある。

ていうか、民衆の心を勇者から引き剥がしたがっている連中には丁度いい攻撃材料になるだろうし、あのクソ枢機卿でなくとも喜ぶに決まってる。

無論、そんな考えを顔に出すわけにもいかず。私は優し気な表情を保ち続ける。

「貴方は神々に愛され、魔王を討った英雄です。たとえ女であったとしても、その事実は揺るぎません」

――嘘は、言っていない。付かなくても良い嘘はつかない主義なのだ。

「無論、現在の王室の体制の都合もありますし公には出来ませんが、神の僕である教会は貴方の味方ですから」

まぁ、言った傍から嘘塗れなのだけど。……極力素直に生きたいものだと思う。この仕事をしている以上は無理だろうけど。

「本当……？」

「ええ。神々は貴方の味方です」

「……そっか」と繰り返し呟く勇者を納得させるにはあと一歩、踏み込む必要がありそうだった。

私はそっと指先を伸ばし、泣きじゃくった子供をあやすかのように優しく言葉を掛ける。

「よくぞ、お一人で頑張ってきましたね。……これからは、その重荷を私も一緒に背負います。私は、その為にここに来たのですから」

ふっと、表情を柔らかく崩し、微笑む。

かつて、大聖堂で見た聖女のようにいまの私は笑えているだろうか。——引きつりそうになる頬を殺し以上の集中力で以ってキープした。

……ほんとうに、嫌になる。

勇者である以前に彼女は幼い子供の様なものだ。そんな相手を騙し、取り入った挙句に殺そうとしているのだから本当に神様がいるのなら神罰が下っても可笑しくはないでしょうね。

——しかし、この世に神はいない。

私の名演技にころっと騙されてくれたらしいシオンはふにゃっと緊張感を緩め、目じりに涙を浮かべながらも微笑む。

「……ありがとう……、修道女アリシア」

ちょろいものだ。

「アリシアで結構ですよ、勇者様」

「……なら、僕の事はシオンと」

「では、シオン様と呼ばせて頂きますね」

「……うん」

狩った。いや、勝った。

元より、別に私が聞き手でなくとも彼女の懐に入り込むのはそう難しくなかったんじゃないかと思う。

最初は出来心だったのかもしれないが、偽名を名乗るという行為は次第に自分自身を蝕む結果を生み出す。仮の名が広まり、その名で呼ばれるうちに自分の中でも〝もう一人の人物〟が出来上がり、次第に〝本来の自分〟を見失ってしまっていたのだろう。〝名は人の心を縛る〟とも言いますし。

この様子だともう長い間〝シオン〟という名前は使われていなかったのだろう。〝彼女〟にとってそれは本来の名である以上に〝自分が英雄にはなれない事の証明〟なのだから、恐れる気持ちは分からなくもない。

女であると分かれば、貴族は英雄である建前すら無視して強引な手に打って出るだろうし、その力を、……その体質を目当てに厄介な連中も付き纏うようになるだろう。

だから、分からなくもない。同情はする。

だが、それは仕事外での話だ。

「身元をお偽りになるのは――……、……孤児院の為ですか」

「流石だね、それも調べがついてたんだ？」

「いえ、当てずっぽうです」

包まっていた毛布を体から引き剥がしていた勇者は私の言い分にぽかーんと口を開けて固まっていたが、しばらくして大口を開けて笑い始めた。

「思ったより適当なんだね。もっとお堅い人なのかと思ってた」

「お役所仕事は枢機卿とかに任せとけば良いんですよ」

じゃなきゃあの人たちの存在意義がなくなる。

下の連中にはこの子を少しは見習えと思わなくもないが、他者の為に命を張り続けられる者はきっとそう多くない。

この子が勇者に拘り続けるのは、魔族討伐による懸賞金とは別に支給される〝英雄〟への特別賞与と〝勇者〟の名の下に世間から得られる支援と保護を必要としているのだろう。

力無き者達に対し、世界はどうにも冷たいし、どうしたって傭兵一人で養いきれる子供達の数などタカが知れている。

「魔王討伐で得た賞金も全てそちらに？　恩返しと言うには些か度が過ぎているような気もしますが、欲が無いのですね」

「欲かぁ……。正直良く分からないな。僕はみんなの力になれればそれで満足だから」

そう告げるシオンの顔に嘘はない。

ただ、心からその事に満足しているという風でもなかった。

ヒトの為、孤児の為に剣(けん)を振(ふ)るう勇者(ホーリィ・ブレイブ)の闇——、か。

闇と呼べるほどの物なのかは分からないけれど。もう少し、距離を詰めねば見えてこないものが其処(そこ)にはありそうだった。

「さ、どうかお食事を。それとも、〝見られていては食事すらとれない〟とおっしゃるなら壁(かべ)を向いていますが？」

「いいや。君はどうやら今までの人たちとは違うみたいだから任せるよ」

好きにしてくれとシオンは毛布をベッドに丁寧(ていねい)に畳(たた)んでおくと椅子(いす)を引く。

「それとも、君も——、……アリシアも一緒に食べるかい？」

ふむ。

と、少しばかし長考。

もしかして友達とかもいなかったのかなー、……なんて。

ガードが緩くなった所に甘えて踏み込(こ)むのも手かもしれないが、あまり近づきすぎるのも疑われるだろうか。自慢(じまん)じゃないが私も友人は多い方ではないのでどうすればいいのか正直分からない。

分からないなら分からないなりに、直感に従ってみるかと思い。

「では、遠慮なく」だなんて言って、半分こした結果。

「あー……」「…………」

少しばかり、足りなかった。

マスターはマスターで気を遣って、普段のシオンなら丁度良い量を提供してくれていたのだろう。――しかしそれも働き盛りの娘二人で分ければ少々〝力不足〟だ。

無言のうちに交わされた「流石に物足りなくない？」という視線。

さて、これぱっかりは私の計算ミスですね。と立ち上がろうとした矢先「マスターに言って何か作って貰ってくるよ」とシオン。

いえ、まぁ、それはそれで楽で良いのですが。

「折角ですし、外に出てはみませんか？　今日はとても良いお天気ですよ？」と私は締め切りになっていた窓を開けて微笑んで見せた。

冬の訪れを告げるかのように一日がどうにも短いが今日はまだ日が沈んではいない。

「昨日の戦闘で消耗品もある事でしょうし、本来であれば翌日中には買い揃えておいでなのでは？」

あくまでも日常のルーティンワーク。

必然性を醸し出しつつも誘導する。

「お手伝い致しますよ。一人より二人。荷物持ちが現れたのであれば活用するのも手かと」

踏み込み過ぎるのは警戒を呼ぶ。

しかしどうにもこのシオンという娘は一度気を許した相手には警戒心がまるで無い。

目をぱちくりとさせ、暫くの間は何を言われているのか少し時間がかかったようだがじきに照れ臭そうに「そうだね、それも良いかもしれない」と笑って見せた。

――危うい。実に危うい。

私がこの子を殺すのではなく〝守る〟のであれば今すぐにでも頭を抱えていただろう。

実際問題、このままいけば〝神々の加護〟とやらは突破できそうな予感はあった。

少し準備が在るからと部屋を追い出された私は少しだけ考える。

一晩仕事に付き合い、思いがけぬ急所に触れてしまったのは全く意図した事ではなかったものの、結果的に仕事がとてもやりやすい形にはなった。

あの子は、じきに私へ心を許すようになるだろう。

……しかし、それで本当に良いのだろうか……？

魔族の脅威を目の当たりにし、〝人類が一体なにと戦っているのか〟を思い知った。

私には関係のない世界だと言ってしまえばそれまでなのだが、仮にも魔王を討つほどの能力を有する存在を、教会の利益の為に殺すことが得策なのか否か。

「……まぁ、私が考えた所で無駄なんですけども……」

しかしながら、あの時経験した恐怖はそう拭い去ることが出来ず、背筋を冷たいものが落ちていく。

腕には自信があった。

並大抵の相手なら屈服させることが出来ると思っていた。

「嫌な、気分ですね……」

自分の弱さを突き付けられるのは、自らの小ささを思い知らされるようで――、「……え、……ごめん……。そんなに待たせたつもりはなかったんだけど、えっと……？？？」

「…………あー…………、」と振り返って見れば気まずそうな勇者サマ。

「ち、違いますよ……？　いまのは、えっと……」

さて、腕の見せ所ですよ、私……⁉

実に容易く騙せる相手だと分かったばかりではないですか……‼

焦りを殺す為にも自分に言い聞かせ、さぁ、言い訳を、と、口を開いた直後、その音は鳴り響いた。

「…………」「…………」

——実に情けなく。実に有り触れた、腹の音が。


ち、違うのです。私はそんな、食いしん坊では……!!

そんな風に可愛げを以て誤魔化せたのなら幾分か救いもあっただろう。

だってそれは私の長年の経験と直感の導き出した最適解であったハズなのだから。

なのに、私は「す……、すみません……」と割りと真面目に縮こまる。

縮こまってから返答を間違えたと慌てて取り繕おうとし——、「あはっ、あはははっ、大丈夫大丈夫っ、誰だってお腹は空くもんねっ？」とシオンに先を越された。

「ち、違いますって!! 私はッ……」

「良いの良いの、アリシアが完璧な修道女さんじゃないって知れてホッとしたよ」

まるで完璧な神様の花嫁さまみたいだったから——、とシオンは付け足し、私は私でどうにも釈然としない胸の内を頬を膨らませる事で自分の中に留めた。

「私は、別に……」「はいはいっ？」

訂正はするにはしたが、信じて貰えそうにはなかった。

――全く以って、不本意な。

「――で、あとは軟膏をいつもの数だけ貰おうかな。何か珍しいものが入ってるなら、それも見せて貰おうかな」と勇者サマ。そうして嬉しそうに後ろから小箱を取り出して来る店主を眺めつつ、私は一人待ちぼうけていた。

「……なんというか、……長い」

馴染みの店を回り始め、既に相当な時間が経過している。

正確な時刻は分からないが、もしかすると既に二時間以上経っているかも知れない。陽も既に傾き始めていて、気の早い店は軒先の灯りに火を灯し始めている。

「アリシア、ごめん！　あともうちょっと！」

「あー、はいはい。分かってますよー」

一応進言通り荷物持ちを買って出ている私に気を遣ってはくれているけど、微塵も聞こえちゃいない様子だったので適当に流す。女の買い物は長いとは言うが、相当なものだ。

自分が必要最低限の物にしか興味が無いので余計にそう思うのかも知れない。

食べ歩けるものを適当に摘まみながらの買い物ではあるが、シオンは最初の一口二口を食べたきりで後はもう、私が一人で食べ続けていた。

「これじゃ本当に食い意地が張っているみたいじゃないですか……」

と、最後の一口を放り込みながらもぐもぐ。

別に、私は食い意地が張っている訳ではない。正直言って退屈だったのだ。食べる物がなくなってしまったから今度こそ本当にするべきことがなくなってしまった。買い物に付き合い、「あれは駄目だ、これがお勧めだ」と口を出せれば多少は気も紛れるだろうが、一介の修道女が血生臭い武器や軟膏に詳しいというのも疑いの種に成り兼ねない。

な、の、で、「やっぱり、めんどくさいなぁ……？」

向いてないですよ、私。やっぱこういうの……。

シオンは常日頃から気配を殺す様に動くので、気を配っていなければすぐに姿を見失ってしまう。気を緩められないのはめちゃくちゃしんどい。すごい、疲れる。

だって、ほら、私の仕事って基本的にはぴょいと乗り込んで、めっちゃくっちゃ殴り殺すか刺し殺すだけなので。短期決戦が大前提なのだ。だから、こういった長時間の勤務と言うか、対象を追い続ける——みたいなのは慣れていないし性に合わない。

まー、仕事だからやりますけど。仕方ないんですけどー……？

「はーっ……」

なんか、変な方向に考えが走り始めている事を自覚し、空を見上げた。

お門違いな任務に長旅での疲労と昨日の戦闘と、心労で、なんかもう、ダメだ……。と半ば諦めて肩を落とした視線の先。何気なく向けた視線の先で、同じように何気なくこちらに視線を向けたらしい目とぶつかった。

「おや……？　おやおや？？」「…………!!」

びくり、と突然近づいてきた私に警戒を見せつつも足が竦んで動けないのか、臆病な割に好奇心が勝ったのか。荷物を傍らに降ろして膝を曲げ、指先を差し出す私に〝そいつ〟は恐る恐ると言った体で鼻先を近づける。

「はははは……!!」

我ながら、どうかしているとは思う。思うけどッ……「可愛いですねぇ……？」すり寄って来たのを良い事に思いっきりその首周りを堪能させてもらう事にした。

もふもふと、おおおお、喉ならし始めたですよ、此奴……!!

「…………アリシア……？」「ひっ……!!?」

跳ね上がったのは私だけではない。

いまの今までリラックスした様子で、なんならこのままいけば寝転がって腹まで見せそうな勢いだった〝猫様〟も飛び跳ねて路地裏へと逃げて行ってしまった。

「あぁ……、」「…………なんか、ごめん」「…………いえ」

こういうのは一期一会。

飼い猫ではなさそうだったのであの子の対応は間違っていない。――それよりも、「いつからそこに……？」「……アリシアが、その……。…………にゃーんとかにょほほーとか言い始めた辺りから……？」……………………いや、言ってませんけどね？

問題はそこではなかった。

私の痴態は、……まぁ、いつかシオンごと墓にぶち込んでやるから良いとして、……まぁ、良くはないんですけど。

兎にも角にも、私はずっと、シオンの気配に感覚を伸ばしていたのだ。

それは祈祷術による紐づけの効果もあるし、何より昨夜の戦闘でこの子の〝隠密性〟に関しては遥か私の上にあると分かっていたから、――絶対に、その居場所を見失わないようにと意識していたつもりだった。なのに〝気付けなかった〟のだ。

いつの間にか私の意識外に彼女は移動していて、背後から声をかけて来た。

これが戦闘中だったのならまだ分かる。

仮にも単身で魔族の領地へと乗り込み、その親玉を殺して戻って来るような人外だ。

なのにこの子は、日常的に戦闘の癖が抜けず、気配を殺して歩く癖があるらしいとはいえ――、「……困りましたね……」「…………？」自覚のないシオンは首を傾げて見せるがそのあどけない表情まで私にとっては得体の知れないバケモノのように思えてならない。

「猫、好きなの？」「へ……？」

私が考え込んでいる理由を彼女なりに考えてくれたのだろう。

なるほど、そうなるか。

「あー……、……えっと……。…………そうですね。実は孤児院時代に飼っていた子猫が居りまして、……あまり財政状況が良くなく、病気で、その……、」「……そっか。ごめんね？」「いえっ？」——嘘である。

孤児院で子猫を飼っていたのは本当だが、私の愛猫はいまも元気だ。

私が部屋を空けている間はクソ上司が面倒を見てくれている。

「お腹が、空きましたね」

笑って誤魔化し、買い物の続きへと戻る。

想像している以上に厄介な相手かも知れないのだ。気を引き締めねば。

……とはいえ、既に必要なものは揃い、後は帰るだけだった。

なので、私は私で適当に屋台で美味しそうなものを買い込み、「シオンも何か摘まみますか？」と提案してみる。が、「あー、……うん。僕は遠慮しておこうかな……？」とどうにも先ほどの一件を引き摺っているらしく、返答は鈍い。

「実は僕、動物に好かれないらしくて……」「あー……」

多分あなたみたいな人種は最初から警戒されて避けられるんでしょうね。……まぁ、言わない方が良いでしょうが。

「今度、コツを教えますよ」

「本当っ……⁉」

「ホントウホントウ」

……我が相棒（猫様）なら、耐えてくれるだろうか。

心配だなぁ……？

「それにしてもッ……、驚きました。これほど辺境の地でも、こんなに人の往来が――、活気があるのですね」

昨夜の戦闘からも分かる通り、この地は魔族との境界線まで半日と掛からない。

街の中にまで侵攻されることは殆どないとはいえ、これ程多くの人が住み着いているというのは正直意外だった。物品も。必要なものはほぼすべて揃ってしまった。

「何処でだって生きようとすれば暮らしていけるのかも知れないけど。離れたくても離れられない。そういう人は少なからずいるんだよ」

――だからこそ、自分達は〝そういう人達の為に〟戦うのだとシオンは紅く染まった空の下、笑う。晩餐の賑わいに溢れ始めた街並みを眺めるその横顔は笑ってはいるがどうにも悲し気に映る。

「それに、君たちだって同じだろ？」「それは……、」

そうですね、と表面上では答え頷きつつも心の中ではずっと冷めた事を考えていた。

魔族の脅威が在るからこそ、教会への依存性が強くなり、どれほどここの枢機卿が圧政を強いたとしても、それを否定する事が出来なくなっていく。

神々の代理人のする事なのだから、きっと私たちの助けになる事なのだと思いこまされ、作り物の〝神々〟によってその生活を支配される。

「人間は、多分、そんなに強くない。……だから助け合わなきゃね？」

シオンはとても理想的な英雄であると、私は思う。

自己的な利益の為ではなく、心から人々の幸福を願い、その手を血に染め続けている。

――私は、どうなのだろう。

そんな風に考えてしまったこと自体が過ちであり、本来の私ではない所に追い込まれているのだと気付いた時には既に遅い。

「不味いですね……」「へ……？」

毒され始めている。――この〝人類の勇者〟という存在に。

「少し、やるべきことがあったのを思い出しましたので、教会に寄って来ます。申し訳ございませんが荷物をお任せしても……？」「え……、ああ、うん。元はと言えば全部僕の荷物だし、それはいいけど、……付き合うよ？」「いえ？　平気です。すぐに済みますので――」と柔らかく、不自然ではない程度に強引に、シオンを否定し、荷物を預ける。

少し、頭を冷やす必要があった。それに、

「じゃあ、また、後でね」「ええ。また、後で」

笑顔で手を振り返しつつも先ほどから感じていた違和感に意識を向ける。

違和感というよりも経験則と言った方が正しいだろうか。

「一体全体。なんなんでしょうね？」

余計な事に考えが引っ張られていたから気付かなかったと言う訳でもないらしい。

何やら視線らしきものは感じるのに肝心のその主の姿が〝そこにはない〟。

厳密にはそこには〝私を見ている誰かさん〟が立っている筈で、こうして振り返れば目と目が合っている筈なのに、そこには誰もいない。

大通りを行きかう人々の中にもそれらしき人は見当たらないが――、「…………ああ、なるほど」先ほどからその一点。その場所を不自然に人々が避けて歩いているのに気付いてホルダーから経典を取り出すと「どうか我らに神の御加護があらんことを（彼の者と我らに決して超える事の叶わぬ境界を）」ノータイムで祈祷術を発動させ、周囲一帯から人々を隔離する。

私を中心として半径十数メートルに出来上がった半球型のドームはそこを行き交おうとする人々を〝不自然に〟別の行動へと移させ、範囲内にいた人々は無言でその場を立ち去って行く。

その中で一人、ただその場に立ち尽くすフードを被った人物。

「これはこれは、まさか人払いまで覚えているとは……！　流石は第一等執行官の席を担うだけの事はある！」

手を打ち鳴らし、小馬鹿にしているとしか思えない態度で歩み寄って来た姿にようやく当たりを引いた。

「カーム執行官ッ……」

黒の瞳、黒の髪。本来純白であるはずの神官服すら〝黒に染まった〟ソイツは忘れたくても忘れられない、私の〝同僚〟だった。

忘れてしまいたい一心で本当に忘れていたのだから私としたことがうっかりしていた。

この街はキリウス枢機卿の治める土地だ。そこに仕える此奴がいても何ら可笑しくない。

もっと早く気付いておけば、クソ眼鏡を通して牽制も出来ただろう――……、今更後悔しても遅い。

「久しいね、元気そうで何よりだ。シスター・アリシア――。以前会ったのは……、……そうだ、確か祝賀祭で、」「貴方が司教の頭をカチ割って噴水作った時ですよ。思い出すだけでも頭が痛くなります」「アレは彼が神々の御意志に背くから悪いのだ。君だって真相を知っていれば同じように処罰したハズさ」「そうですか……」

何故か一方的に親近感を持たれているのが非常に厄介な上に、私の知り得る限り〝最悪の〟異端審問官だ。

何をしに来たかなんて聞くだけ時間の無駄。此奴の行動原理はコイツにしか分からない。

「この再会に祝福を。神々への感謝を――」

突然その場で膝をつき、胸元のペンダントを握って祈りを捧げる姿はまさに〝狂信者〟と言って差支えない。此奴の行動原理はただ一つ。〝神の御心のままに〟。

神々に仕える私たちの中でも特別にその志は強く、自身を〝神の使徒〟と称して神の教えに反する者を見つければ教会の意志など関係なしに叩く。

あまりにも教会の意見を無視するので一度異端審問会に掛けられた事もあるのだが、〝何故か〟その異端審問官を返り討ちにし、その上で「神々の知らせがあった」と言ってその足で近くの教会を焼き払い、中に潜んでいた異教徒とそれに連なる狂信者十数名を処刑台送りにした。

当然、無関係な信者と市民、合わせて多数の犠牲者が出た。全くの無関係の人々が心身ともに多くの傷を負う事件となった。

――それでも、奇跡的に死者は一人も出なかった。それどころか、仮にその潜伏していた者達の企てが実行に移されていたらもっと多くの人々が犠牲になっていたであろうという事も後に判明した。

後の審問会では「神々の告げるお導きに従っただけ」であり、「何らおかしな点はない」と言ってのけたカームに対し、教会は未だに結論を出せずにいる。

元々教皇含め、聖人認定されている数名にしか聞こえないハズの神々の声が聞こえていると言う妄言に信憑性が増したからだ。

取り敢えずの救済処置として助祭枢機卿を任命されたらしいのだが、それに対しても〝神々がその時ではないと仰っている〟とかなんとか宣って断っている。

意味不明すぎて本気で殺したくもなる。

権力など在ればあるだけ自由な生活が出来るというのに。

この男は自由気ままに放浪し、己の〝信仰〟を実行し続けているのだ。

故に、〝返り血で真っ黒に染まった神官服〟や、本来人差し指に嵌めるべき指輪を〝唇に通している点など〟は些細な問題として黙認されている。

〝全ては神々の御意志らしいので、教会関係者は絶対に手を出すな〟と。

触らぬ神に祟りなし。

下手に逆らえば教会内での権力がどれほどあった所で此奴の前では塵ゴミにも等しい。

一生、関わり合いに成りたくない人物は誰か？　と教会関係者に尋ねれば間違いなくこの男が一番最初に上がるだろう。

信仰狂いのカーム。黒衣の執行官。出会ったら最期、それがお前の最期的な……？

「さて、それでシスター・アリシア。何やら思う所があるようなので待っては見たけど、気は済んだカナ？」「一発殴らせてくれたりはします？」「成る程。しかし神々も仰っているよ？　君はそのような事は本当は望んでいない。望んでもいない事はやるべきではないよ、シスター・アリシア」「………ちっ」

私の知る限り相手の心を読む祈祷術は存在しない。

辺境の魔術式――、もしくは独自の固有技能による物なら可能かもしれないが、空間内で魔力の消費された気配はなく、痕跡もない。

「そう落ち込むことはないさ、シスター・アリシア。君のそういう所は僕も大好きだけどね」「そりゃどーも、ありがとーございます」

コイツの前では嘘は通用しない。

理には適わない〝神々の声〟によって看破されてしまう。

神々など、存在しないというのに。

「待ったついでに本題に入ろうか。いつになったら君は勇者を暗殺するつもりなのだ？」

ぎゅっと、心臓を掴まれたような感覚に無反応で返せたのは我ながら大したものだと褒めてやりたい。

何故その任務の事を知っているのかとか、どうして暗殺に手こずっていると思ったのかとか、そう言ったことを尋ね返した所で時間の無駄だ。

嘘をつけば見抜かれる。

――だからこそ私は、真実のみを口にする。

「その時が来れば仕事はしますよ」

「いまはまだその時ではないと？」

「私はそう思っています」

「へぇぇええ？」

大きく見開かれた目が、私を覗き上げる。心の中の信仰心に問い掛けるかのように。

光の一切映り込まない瞳はまるで泥のようだ。

「本当かィぃいい？？？？　シスター・アリシァあ→→→→」

発せられる言葉だけで喉に手を掛けられているような錯覚さえ覚える程の狂気。

ここで私が「あんたには聞こえてるっていう声は私には聞こえない」などと言えば即座に首を絞め殺しに掛かって来るだろう。

「語尾に変なものを付け加えないでください。私もまた神の教えを乞う者なのですから」

視線を払いのけ、足元に転がっていた屋台のりんごを棚に戻しつつ告げる。

「貴方の神に反するような事はないと思いますよ、カーム執行官？」

……さて、どうするか。

このままのらりくらりと躱し続けた所できっと此奴は私の話に頷きはしない。

此奴にとって重要なのは神々の声だけであり、その他大勢の人間の事などいてもいないようなものだ。仮にその信仰の為にならら何を犠牲にしようが、一切構うことはないだろう。

——だが、ならば、同じく神々の声が聞こえる者に関しては一目置いている、ハズ……。

「……仮に、この人選が失敗で、それ故にあなたが直接手を下したいと仰るのでしたらどうか教皇様の許可を仰いで来てください。あの人もまた、神々の言葉を知るお方。何処かで行き違いがあったのやも知れません」

「人選はサラマンリウス七大枢機卿の采配だと聞いたのだが？」

「元はアガリウス教皇様の推薦です。そうでもなければあのような怠け者にこれほど重要な仕事を任せられる訳がないでしょうに」

「昼行灯のサラマンリウス」

「ええ、うちの上司は無能ですので」

にっこりと笑ってカームへの苛立ちは眼鏡への殺意に変えて乗せる。

教皇からの命があったのかは分からないが、これで時間は稼げるだろう。

教会の異端児に時間をさけるほど教皇様は暇ではなく、そしてカームは教皇様の聞いたであろう〝神々の声〟を無視はできない。

「……そうか、分かった。王都に向かうとしよう」

「ええ、お戻りになる頃には任務は終わっているかもしれませんが」

だからさっさと行け。邪魔をしてるのはお前だ。

絡んでこなければ基本無害。

無邪気に神を信じすぎるが故に質が悪い――。

再び私の任務の無事を祈って彼は踵を返し、街の正門へと足を向ける。

この仕事が終わったらほんとしばらくは休みを貰おうと思う。神々への祈りに時間を割いて過ごしたい。祈りを捧げている間は何もしなくていいし、正直こんな異端者の相手をするよりもずっと気楽だ。

そんな背中にほっと溜息を溢した私に、「――ああ、そういえば」と世間話をするかのように狂信者は振り返る。神々の話以外することのない彼が、世間話をするかのように。

「勇者が〝女だっていう噂〟は本当なのかな？」

ぐるりと、首だけで振り返り、向けられる死んだ魚のような目に私は言葉を失う。

――それだけで、奴は回答を得たらしい。

「では、先を急がないといけないね」

驚く私を尻目に奴は地を蹴った。

迷う事無くシオンの泊まっている宿のある方角に向かって走り出し、――……だが、突然何かを察したようにブレーキをかけると、その場で足を止め、空中で指先を躍らせる。

くるくると。赤とんぼでも止まるのを待っているかのように。

「ふむ」

言って、唐突に殴り始めたのは目の前にある〝見えない壁〟だった。

拳が振るわれる度に空気は振動し、砕けた拳に半球型の壁が紅く染まっていく。

「ふんっ、ふんっ」
何かしらの術を発動させる様子もなく、ただ、一心不乱に。殴り、
「……シスター・アリシア、他人払いを解いて欲しいのだが？」
ようやく首だけでこちらを振り返ったカームは亡霊のような目を私に向ける。
「……駄目ですよ。勇者を殺すのは私の仕事ですし」
言って経典を握り直して汗を拭う。――嫌な感じだ。
全くと言って良い程、此奴の行動が読めない。いますぐ跳び掛かって来るかと思いきや
そう言った気配はなく、悪意が無いからこそ、読みづらい――。
「僕は彼女を殺すとは言っていないが？」
「言っているようなものでは無いですか」
実の所、いま私が使っているのは他人を遠ざける他人払いではなく〝自分たちの存在を
空間ごと隔離する魔術の一種〟だった。
発動してしまえば維持するに容易い祈祷術とは違い、発動し続けている限り魔力を消費
する魔術は燃費は悪いし、術式を覚えるのに苦労するわで、余り良い所は無い。――しか
し、どれほどの狂信者が相手でも一度捕まえてしまえばそう易々とは突破されない程度に
は強固な防壁を張る事が出来る。

「私に免じて退いて頂けませんか……？」

「ふむ……？」

もう隠す必要が無いので大きく息を吸いこみ、整える。昨夜の疲れが抜けきっていないのだろう。正直立っているだけでも頭は痛むし、全身が気怠くって仕方がない。

　このままだと維持出来て十数分——、いや、もっと短いかもしれない。

「困ったな。実に困った。全く、それほどの才を神に与えられ、どうしてそうも意地になるのか——……、僕は理解に苦しむよ。本当に、本当にィ——、僕は、悲しいッ……」

　血だらけの手で大袈裟に顔を覆ったカームは夜空を仰ぐ。

　顔に付いた血が、涙の痕のように線となり、その虚ろな目が私を捉えると同時に彼は再び身体を捻って〝壁〟を殴り始めた。

「っ…………」

　カームの拳が〝境界線〟にぶつかる度に空気は痺れ、その度に空間を維持するために私の体力は削られていく。私の相手をする必要など、カームにはハナから無い。

　どうせ、祈祷術と魔術の違いすら気付いていない癖にッ……!!

「神よ、武を司る英霊よ。どうか我が肉体を彼の存在へと高め給えっ——……、」

　走りながら祈り、祈祷術を発動させると踏み込んだ地面が大きく揺らぐ、

「きッ……、ついなァっ、もうッ……!!」

舌打ちしながら前へ。

いつものように術を重ね掛ける体力は残されていなかった。

祈祷術ならまだしも、固有技能ですら発動できるかも怪しい。たとえ発動できたとしても負傷した身体を治療するだけの体力が残らないだろうし、他人除けを解いた場合、勇者の元への競争が始まり、最悪、勇者を交えての乱戦になる可能性だってある。

そうなった場合の私の立ち位置はややこしくて死にそうだった。

仮にカームを上手く処理する事が出来たとしても、シオンにはどう説明すればいいかも分からないし、本来の目的を見抜かれてしまえば最後、それこそ力技で勇者を殺すはめになるし、それが出来るなら最初からそうしている。

つまるところ、

「責任はッ――、クソ眼鏡!!」

異端審問官同士の衝突なんて聞いた事ないが、私は知らん!!

思いっきり経典の角を頭頂部狙って振り降ろす。

斧だって防ぐ特注製だ。急所に当たれば一撃で潰せる……!!

——の、だが、「何をそこまで必死になっているのだ、シスター・アリシアぁ？」

それを振り返ることもなく難なく躱したカームは私ではなく再び壁に向かって拳を打ち付けながら笑った。

自らの返り血で、笑み（え）を彩り（いろど）ながら。

「ッ——……、」振り上げられた腕を掴もうとしたがそれすらもゆるりと躱され、背中を蹴り飛ばしてやろうと突き出した足は擦り（す）抜けて壁へとぶつかった。

頭痛が酷い（ひど）。身体が、重いッ……！

「無駄さ。神々は全てをお見通しだ」

煌々（こうこう）とした笑みに舌を打ち、経典をしっかりと握って歯を食いしばる。

このままでは自滅（じめつ）は必至——、ならッ……、

「固有技能（Physical-Boost）ッ!!　魔術（Pump-Up）!!!!」

動けなくなるぐらいなら、と、再びカームの拳が壁（かべ）を殴る寸前で結界を解き、発動していた祈祷術（Spec-Boost）に加え、固有技能（Physical-Boost）と魔術（Pump-Up）を重ね掛けた。

「るぁあああああああ!!!!」

そうして、——殴った。

経典を、放り棄（す）て。目の前の邪魔ものを、全力で。

一気に血流が増したことで全身からは血が噴き出し、踏み込んだ足の骨が砕けて激痛が走る。――が、その分、速度は人智を越えた。

「ほぉっ――――――、」

紅く染まった視界の中で狂信者が初めて振り返り、目を丸くする。

一撃目は躱されるが本命は腕を振り切ってからの回し蹴りだ。

「死ねッ!!」

その胸元を蹴り砕くと結界の効果が切れ、人々の姿が戻って来た所にカームの身体は吹き飛んだ。

――大通りを、まっすぐと。

奇跡的に通行人にぶつかることなくカームは吹っ飛び、転がり、馬車に轢き潰される寸前で止まる。突然現れた物体に馬が悲鳴を上げ、人々も、何事かとざわめきが起こった。

「だっ……、…………はーっ……」

痛みが込み上げて来て、膝をつく。

頭痛に頭を押さえて込み上げて来た吐き気を抑え込む。

道のど真ん中で、修道女と神父が血塗れになっている光景に人々が騒めき始めるが軽く手を上げ、微笑みを作ってから告げた。

「だいじょうぶ、です……、ちょっとした、意見のすれ違い、ですのでッ……」

最悪だ。このような醜態を晒すなど、神々の花嫁としてはあるまじき行為――。

カーム程ではないが上に知られれば叱責を免れないだろう。

「――神々の恵み……」

なにはともあれ、とにかく動けるようにしなければと震える指で祈りを捧げ、傷を癒す。砕けた右足は完治させることが出来ず、蹴り飛ばした左爪先も砕けたままだけど、それでもなんとか立ち上がる事はできた。足を引き摺るようにしてカームの元へと歩いていくと微かにその胸は上下していた。

ひとまず、最悪の結果は避けられたらしい。

殺す気で叩きつけたというのに、失敗した件に関しては少々思う所が無い訳でもないが、流石に異端審問官を殴り殺したともなれば（たとえそれが狂信者であったとしても）、問題になる。そうなったらクソ眼鏡の任命責任が問われたりと、ちょっとばかし面倒だったかもしれない。

いやはや、結果的に思ったより頑丈で良かったですよ。この狂信者。

「……だから、死なないでくださいよー……？　一応、まだ」

癪ではあるが、その場で膝をつき、カームに向けて最低限の祈りを捧げる。

死ぬなら私の知らない所で死んで欲しい。

「………治りきらない分は、自分でやってくださいね」

これは慈悲だ。有難く受け取れクソ狂信者。

一通り祈りを捧げ終えると枢機卿に連絡を取る為、通信機に指先を当てた。

兎にも角にも、この馬鹿が二度と襲って来ないように上から圧力をかけて貰う必要がある。素直にいう事を聞くとは思えないが、やらないよりマシだろう。どうしても縛り切れないというのならば教皇様に出て来てもらうしかないんだろうけど――……。

「　　　　　　」

「……？　なんですか？」

何やら、カームの唇が動いていた。

一向に回線は繋がらないので仕方なく耳を傾けてやると、

「――後ろ、だ、シスター・アリシア」

「――――……？」

振り返り、突き刺さるような殺意に全身が強張った。

――どうして、何故。気が付かなかったのか。

頬を汗が伝い落ち、自分の愚かさに頬が引き攣る。

鋭い眼光が月を背に、私達を見下ろしていた。

それは通りに面した宿の上で牙を剥き出しにする、白き狼人だった。

「一体、いつから……、」

いや、恐らくは彼奴は結界が外れるまで私達には気付いていなかった。だが、その結界が消え去るよりも先にこの馬鹿はその存在に気付き、それ故に私の一撃を躱し損ねた。直感が優れているからこそ、目の前に迫る攻撃以上の脅威に反応してしまったのだろう。

「動け、ますか……?」

気を失ったのか、返事はない。「ちょっとッ……、」視線は逸らさずに身体を揺らすが、駄目だ。ビクともしない。……もしかして死んだ？

自分で殴り倒しておいてなんだけど、あんな化物相手に一人でどうにかなるとは思えない。昨夜、魔族の野営地で襲われた巨体とは全く別次元の、それこそあの勇者や英雄に匹敵する程の、圧倒的な〝殺意〟。

いますぐ襲い掛かって来るという気配はなく、ただこちらを睨んでいるだけなのに息苦しさに呼吸は乱れていく。経典を握り直し、もしもここで戦闘が起きた場合の被害を想像し、その存在を周囲の人々に告げるべきか躊躇った。

パニックが起きればそれが引き金となる可能性だって大いにあり得るし、奴が襲撃を目的にしていなかった場合、逆にその混乱が追跡を妨げる事になる。

私の仕事は直接的に魔族から人々を守ることではない。ああいった人外の相手は騎士や傭兵の領分なのだから。

「——聞こえているかな、シスター・アリシア？」

その声が響いたのは緊張感に耐えられず、やけくそに跳び出しそうになった瞬間だった。

絡まりかけていた思考は、寸前の所で踏み留まる。

「サラマンリウス枢機卿……、いま、街中に魔族が」

私は教会からの応援を求めるべく現状を伝えようとするが、それを遮るかのように枢機卿は告げる。

「キリウス枢機卿が、暗殺された」

「はい……？」

上司は淡々と現在の状況を私に説明する。

厳重警戒態勢の教会内にてその死体が発見された事。目撃者はおらず、また、その襲撃の存在すら遺体が発見されるまで誰も気が付けなかったのだという事を。

私達の状況に注目が集まっているというのもあるが、それでもこれほどまで人の多い通りで、その存在に未だに誰一人気付けていないのが良い証拠だった。

隠密性に長けた、強者。敵う、訳が無い。

カームが気付いてくれていなければ、私は知ることもなく、やられていただろう。

逃げるしかない。見なかったことにして、群衆に紛れ、気配を殺し、……無害を装ってやり過ごす。

魔族退治は私たちの役目ではない。私たちは神に歯向かう〝人間〟を殺すのが仕事であり、ああ言った〝人外〟を相手取るのは私たちではない——。

「ッ……」

分かっていた。

分かっているはずだった。

私は勇者とは違う。世界を救いたいだなんて微塵も思っていない。だけど、「やるしか、ないんでしょうね……？」ここで見逃せばきっと犠牲者は増え続ける。

脳裏に浮かぶのは〝私たちが襲った獣人達のキャンプ〟だ。

敵わないにしてもここで紐付けぐらいはしておけば、なんらかの対策を打てることだって出来るかもしれない。

「――どうにも、毒されてしまいましたかね……？」

震える指で経典を開き、ページを数枚破り取って祈りを捧げる。

結界は使えない。傷は治せても魔術を行使する体力は別にある。固有技能(スキル)は発動できるかもしれないけど、いまの状態で身体強化(バフ)を掛ければ身体が持たない。……いや、この街の枢機卿が教会に連絡を入れるだろうから応援が来るまで数分――、

トップが殺されたとなれば現場は混乱必至(ひっし)。暫(しばら)く時間は掛かるか――。

荒(あら)い息のまま出来る限り思考を巡(めぐ)らせ、打てる策を打つ。

やるべきことは、住民の保護と〝紐づけ〟――。

「…………死んじゃうかもなぁ――……」

神様、……助けて。

縋(すが)るように祈り、空中に経典のページを〝並べていく〟。

神々の言葉を綴(つづ)りしその〝経典のページ〟は、それら一枚一枚が神々の一部と言っても過言ではない。

「絶望の淵(ふち)に追い込まれし我々をどうかお守りくださいッ……」

飛ばせて六枚。

ズキリと痛んだ頭を押さえ、標的に向けてそれらを〝発射〟する。

風を切り、光を放ちながら飛来するそれを奴は眉一つ動かすことなく見つめ、そうして腕の一振りで以って切り払われる。

「ちっ……、」

粉々に切り刻まれたページは宙を舞い、人々の視線が自然とそこに集まっていった。

彼らの瞳に映るのは夜さえも飲み込んでしまいそうな漆黒の炎だ。太い毛皮に覆われた手で生み出されたそれを、狼人は牙を剥き出しにして投擲する。

膝をつき、動けなくなっていた私の元へ。

――あ、これ、死んだかも。

世界を飲み込む闇そのものが迫って来るかのような光景に言葉なく腕が垂れ下がる。

気力よりも先に体力が尽きていた。指一本、もう、動かない。

そうして闇が視界を覆いつくし、

「――――ああっ……」

歓声が起きる。

それは一瞬の静寂の後、人々の感情が恐怖から羨望へと変わる瞬間でもあった。

そうして私も、その後ろ姿を見た時、どうして彼らが英雄と呼ばれ、そして彼女が〝勇者〟と讃えられるのかを思い知った。

「遅くなってッ……、ごめんっ……‼」

言って、肩越しに苦笑するその人は、その姿は、

「神々に導かれし、人類の英雄――……、」

そうして、月明りの下、一直線に跳び振り下ろされた刃を白い怪物が咄嗟に弾く姿を最後に、私の意識は途絶える。

泥に飲み込まれるような、息苦しさと不快感の中。

天から差し込むたった一つの光が私の身体を照らしてくれていた。

子供の頃、時折、繰り返し夢に見る景色があった。

父や、母の事は何も覚えていないのに、ただ独り、白い雪原の中を歩き続ける夢だ。

それが本当の記憶なのか、それともただの妄想なのかは私には分からないけれど、そう言った夢を見た日の朝は酷く指先が震えた。

神様に、教会の人たちに見捨てられれば、それが現実になるのだと言われているかのようにも思えた。

忘れた頃に思い返される恐怖に抗う為に私は人一倍神様について勉強したし、献身的に教会に奉仕もした。誰よりも祈祷術について学び、神の教えを実践しようとした。

それは異端審問官になってからも変わることなく、神々を作り出した上層部がどんな奴等かを知った今でも変わらない。

「我々は別に何もッ……」

「ああ、そういうのは別に、良いですから」

そうやってナイフ代わりに首元に押し当てていた経典の一ページを返答に合わせて引き抜き、震えていた男の首を掻き切る。

面白くもない、仕事の繰り返しだ。

神様が本当に存在しなかったからと言って、私の世界の何かが変わる訳でも無い。

神様の代わりに私を守ってくれていたのが教会だというだけの話――。

神様にとってではなく教会のオトナ達にとって必要な存在で在り続けようと仕事をこなすだけ。それは形の見えない存在を相手にするよりかは随分と楽だ。

私は他人より知力に優れる訳でも、体格に恵まれている訳でもなかった。人望も無ければその生まれにすら期待できない。そこらに掃いて捨てる程いる〝野垂れ死ぬ子供〟の一人でしかなかった。

世界を知り、己を知ったからこそ自らの身体一つで生計を立てる事はほぼ不可能であると分かっていた。

ただの女一人で生きられる程、この世界は優しくも無ければ、甘くもない。

――だから、仕方がなかったのだ。


この手を血に染め、他人の命を奪う事で糧を得られるのであれば必然、だれだってそうする。利用できるものはなんでも利用し、生き延びてやろうと思うのは当然だろう。誰だって家畜の餌には為りたくはない。

だってこの世界に神様はいない。

在(あ)るのはヒトの目を欺(あざむ)き、利用する者達だ。

――それでも、彼らがどれほど神々の言葉を騙(かた)り、人々を操(あやつ)るクソでも、その恩恵(おんけい)に守られ、生きていく事しか私には出来ない。

私は、物語に綴られる英雄(えいゆう)や勇者のように、気高く、高潔に生きる事は叶(かな)わない。

それが人間だから。

それが人と言う生き物の限界だから。

英雄達(かれら)がそう在って、そんな風に讃えられるのは所詮(しょせん)、それが人々の理想であるからだ。

多くの人々がそう在りたいと願いつつも、そんな風には為れない。

だからこそ民衆(かれら)は英雄達を讃え、崇(あが)める――。

まるで、神々のように。

だから、私は――、

気が付けば私はあの雪景色の中にいた。

何処(どこ)までも続く純白の平原。吹き荒(あ)れる、雪と風。

何処からともなく足元に滲み出た〝赤黒い泥〟は形を成し、私へと纏わりついて来る。

言葉に成らぬ嘆きを纏い、私を、地獄の底へと引き摺り込もうとする。


――ここは地獄なのだろう。


神様はいないのに地獄がある訳が無いと、他人は笑うだろうか。

迫る亡者の群れの中には見知った顔が、幾つもあった。

私が殺して来た〝異教徒〟で〝異端者〟だった。

それぞれに人生があり、それぞれに志があった。誰もが教会の語る神とは別の物を信じ、それぞれの正義を貫こうとしていた。そうして、そんな彼らを疎ましく、目障りに思った教会の誰かの意志で私は派遣され、彼らは殺された。

――ただ、教会の意志に背いているという理由だけで。


「ごめんなさい」

中には子供がいるんだと懇願して来た男もいた。

帰りを待つ、幼い娘なんだと震える手で私の手首を掴み、どうか見逃して欲しいと。

いまその手は私の足首を掴み、同じ場所へと引き摺り込もうとしている。

主人を失い、残された家族がどうなったかなど考えるまでもない。

教会の加護すら、受ける事は許されないだろう――。

「……でも、すみません」

私は、私の為に誰かを殺める事を決して辞めようとは思わない。

私は、私が生きる為になら誰かを殺すのは必要な事だから。

この世界で生きる為には、――処分されない為には、神様の言いなりになるしかないから。だから――、これは私の作りだした都合の良い夢で、贖罪だ。


抗う事もなく、彼らに好きなように嬲られ、引き摺り込まれていく。

泥の中に。

地獄の底へと。

それが独り善がりな、自己愛に満ちた醜い行為だと分かってはいても。


　　私は神々に見捨てられ、あの雪景色の中を彷徨うことを畏れる、

　　　　愚かな少女のままだった。

丸一日、嫌な夢を見ていたような気がする。思い返したくもない、嫌な、夢を。

「っ……」

宿のベッドで目を覚ました私は意識が定まるよりも先に胸元のペンダントを握り、祈りを捧げていた。神様なんて存在しないとは分かっていても、何かに頼っていなければ不安で、たまらなくなる時もある。

神への感謝と、謝罪を震える指が収まるまでひたすらに繰り返し、そうしてようやく呼吸が落ち着いて来てからようやく自分の状態を省みることが出来た。

どうやら私は、また、勇者に命を救われたらしい。

「――あれ……、起きてたんだ。ごめん、ノックもせずに」

「……？　いえ、おはようございます……」

「おはよ」

そう言って水桶とタオルを抱え顔を覗かせたのは勇者だった。

最低限の装備を着け、まるで怪我人の手当てに回る修道女のような面持ちで私の傍に来ると「酷い汗だったから、拭いてあげた方が良いかと思って」と困ったように眉を寄せる。

実際の所、こういった手合いには慣れていないのだろう。水桶とタオルをどうしたものかと抱えて苦笑する。

「すみません、ありがとうございます。……自分でやれますから、そこに」

「あ、……うん？」

言ってそれらを机に置き、私ももそもそとベッドの上を移動するとシャツのボタンを外しにかかる。

いつも着ている神官服は綺麗（きれい）に折りたたまれ、経典（きょうてん）やその他の装備も纏められていた。自分で宿に帰ってきた覚えはないからシオンが魔族（まぞく）を討（う）ち、私を運んでくれたのだろう。

「……手当も貴方（あなた）が……？」

全身包帯でぐるぐる巻き。とてもじゃないがお世辞にも上手とは言えない。流石に傷の具合が気になり、確かめようとそれを外していると（どの道、身体を拭くなら包帯は替えた方がいいだろう）、その質問の返答は全く予想していなかった方向から返って来た。

「　手当はボクの担当さ　」

「っ――……!?」

咄嗟に肌を隠したのは本能的な物だった。

振り返れば窓の外に逆さまになったカームの顔がある。

「か、カーム修道士……」

執行官、と呼ばなかっただけまだ冷静だった。

一体どうやって窓枠にぶら下がっているのか、何故ぶら下がっているのかよりも〝何故、勇者の前に現れたのか〟が早急の課題となって浮かび――、「教会の方はどうでしたか？」

気さくに話しかけるシオンの姿にロクでもない方向へ転がったのだと悟った。

「どうもこうもないね。昨夜の騒ぎのおかげで民衆は押し寄せるわ貴族は逃げ出すわで大騒ぎさ。その上、暫定枢機卿選出に向けて権力争いも起きている。本当に愚かだねェ、彼らは――」「ッ……」

普段よりも数段明るく接しながらも死んだ魚のような目で私を見つめ、我が物顔で部屋に入って来るとにこやかに微笑む。

若干、シオンの頬が引きつってはいるが、咎めようとはしない。

恐らく〝勇者は男〟だという認識で事が進んでいるのだろう。ここでカームを追い出せば同性である勇者はどうして、という話にもなる。

勇者エルシオンが神の花嫁と〝そういう関係〟だというのであれば別なのだが――。そ

んなことを言えば、カームは神への叛逆だと私を殺そうとするだろうし、悪い噂も呼ぶ。孤児院の事を思えば、勇者の名前に泥を塗りたくないのが彼女の思うところなのだろう。

「私に、何か御用で……？」

「言っただろう？　君に代わって祈りを捧げたのは僕なのさ。傷の具合はどうカナ？」

「その件についてはありがとうございます。——しかし、もう必要ありません」

後は自分でやれます。と近づいてくる変質者から身を守るように掛け布団を手繰り寄せ、それを拒む。

幸い、シオンもまた賛同するかのように傍に移動してくれた。

「そうか。それは良かった。君の身に何かあれば僕は神々にお叱りを受けるからねぇ……？　ちなみに、君は自らの枢機卿の元へと戻るのだろうか？」

「……そうですね、恐らく、そうなると思います」

耳のピアスに指を触れ、通信が無かったかを気にするがそれを確認する術は搭載されていない。

ただ、そうなると勇者についてだけれど——……、「……一体、何処まで話を？　それに、あの後どうなったのですか」情報の共有も兼ねてカームに、シオンに尋ねるが二人とも肩を竦めるばかりで答えてはくれない。

「実はね、ボクも気が付いたのは全て済んだ後なのだ。〝彼が〟奴を追っ払ってくれたことは神々から聞いているけれど、詳しくは分からないな」

　という事は――……?

　説明を求めてシオンへと視線を送ると彼女は小さく溜息を吐く。

「取り逃がしたのは僕の落ち度だよ。初撃で決めきれなかったのは申し訳ない。少なからず街にも被害が出てしまったし、逃げられた……。……いまは師匠が追ってるとは思うんだけど……」

「ヴァイスさんが……?」

　と、言う事は残ったのか。私の看病をする為に。

「良かったのですか?」「へ?」

　どうやら自覚していないようなので尋ねるが、本当であればあの人を追いたかったはずだ。私が怪訝に思っているとようやく意図を汲み取ったらしいシオンははにかむ。

「良いんだよ。ついてくんなって叱られたばっかだし、そんな状態のアリシアを放ってはいけないって」「なら……、……良いのですが……」

　言葉とは裏腹に感情は顔に出ている。

　――放っておけないのは、師匠の方でしょうに。

「それに、本当なら僕らが先に気付かなきゃいけなかったんだ。助けに行くのが遅れてごめん」

「……いえ、別にあの場に駆け付けてくれただけでも十分だったかと」

実際、シオンが来なければ私達は死んでいただろう。気絶していたカームはとばっちりだろうが、少なくとも私は喧嘩を売っていたのだから。

「君も、本来ならば聖職者である君たちが戦闘に参加するなんてことは在ってはならないハズなんだ。すまなかった」

そう言って頭を下げるシオンとそれをへらへらして受けるカーム。

どうやら私たちの怪我は内輪揉めの結果ではなく、彼奴とやり合った事による負傷に書き換えられているらしい。

「なぁに、ボクらは神々に君を支えるよう申し付けられているからサ。これぐらいの傷、なんてことはないのさ」

胡散臭い。殴り飛ばしたくなる顔でカームは勇者の肩を叩く。

「タダ、思うところが有るのなら――、……彼女の事を抱いてやるといい。随分と君の為に奮戦していたからネ」

「なっ……」

声を上げたのは私だったか勇者だったか。

お互いに唖然と目を見合わせ、「だはっ——?」つい、手が出ていた。

「あ……、アリシア……」「…………すみません。つい」

軽く固有技能を発動させて放り投げた枕は一直線にカームの顔を貫き、彼の息の根を止める（ほんの一瞬だけですよ?.?）。

「あはは。照れちゃって。可愛いなぁ、アリシアたん」「殺す」

マジで黙っててくれないかな、この異常者——。そんな風に睨んでいたら開きっぱなしになっていた扉を叩き、顔を見せたのはこの宿の店主だ。

「それだけ元気そうなら問題ないな」

言って作って来てくれたらしい軽食をテーブルに置き、私の傍までやって来るとそっと耳打ちする。

「……?　……どうしてそれを……?」

「言っただろ。酒場の店主ってのは耳が早いんだよ」

それだけ告げて下に戻っていく後ろ姿に私は頭を下げざるを得なかった。

耳が早いどころの騒ぎではない。

恐らく、何らかの繋がりがあって仕入れた情報に他ならなかった。

「事が動き出したようですねェ」

目ざとい神の盲者(もうじゃ)が窓から下を見下ろすと裏通りにも拘らず何台もの馬車が駆け抜けていく音が聞こえて来た。

どうやら貴族を始めとした有権者共が逃げ出し始めたらしい。

「彼らも随分と足がお速い事で……」

何処へ逃げようが魔族の脅威は付きまとうし、ああやって慌(あわ)てて逃げれば空き巣に遭うのが関の山。それに運が悪ければ王都に辿(たど)り着くよりも先に野盗(やとう)に巡り合うだろう。ただ、こうなると困るのが――、「足の確保に手こずりそうだねぇ？」自分の上司を亡くした癖(くせ)に余裕(よゆう)すら浮かべるカームにはムカつくが、突っかかるだけ無駄(むだ)だ。

ヴァイスが奴を追っているというのなら話は早い。

「私と一緒(いっしょ)にクラストリーチへ来てください」

シオンへと向き直り、嘘偽(うそいつわ)りのない願いを告げる。

そこは上司であるサラマンリウス七大枢機卿が治める土地であり、王都にも近く、当然前線からはかなり離(はな)れている。

「それは君の枢機卿の護衛の為？」

枢機卿暗殺については既(すで)に聞き及(およ)んでいるらしいシオンの目は鋭い。

「力になりたいのは山々だけど、僕は――、」

「分かっています」

　勇者だ。

　勇者には勇者なりの仕事がある。それは決して〝枢機卿の護衛〟などという個人を優先するものでは無い。――だが、「私が依頼しているのは枢機卿の護衛ではなく〝あの白い狼人の討伐〟です」「……次に狙われるのはクラストリーチの枢機卿だと？」「分かりません。ですが――、」「…………」

　出来れば着替えを済ませてからやりたかったケド――……、「何かな？」良くも悪くも女扱いしてこないカームは後々ぶっ殺すことにして、意識の外側へと再び押しやる。

　勝手に視界に入って来ないで欲しい。

　ていうか、さっさと部屋から出て行け。

「ハァ……、………〝――導を失いし我らに光を〟」

　胸の前で軽く指を組み、祈りを捧げて手を開く――。

　すると小さな光が手のひらの上で浮かび、模様を描いた。

「これは？」

「貴方を追いかけた時にも使っていたものです」

「へぇ……」

まぁ、同じものではないのだけど。

「……君の枢機卿の元に奴は向かっていると？」

「はい」

流石戦場で生きているだけあって話が早い。説明するまでもなく察して貰えるというのはなんと楽な事か。

「馬の手配も済んでいるようです。貴方が頷いて下さるのならいまからでも発てます。……それにその腕の傷」

「…………」

「見せて頂いても？」

「……マスターか。ほんと、過保護が過ぎるっていうかなんていうか――」

実は奴の居場所を教えてくれたのは神々ではなく宿屋の亭主で、私はその裏付けを行ったに過ぎない。それもこれも、シオンを想っての事だろう。

苦笑しつつも革の手袋を外し袖を捲ったシオンの右腕は、〝闇〟に捕食されつつあった。

「これは――、……毒ではなく呪いの類ですか」「うん。彼の祈りも効果はなかったよ」

話を振られ、肩を竦めるカーム。

手を抜いた訳ではあるまい。本当にお手上げなのだろう。

黒の模様がシオンの右手から伸び、どうやらそれは肩口まで続いているらしい。

気味が悪いのはそれ自体が血管のように脈動している事だ。

寄生――、ではない。〝それ〟はあくまでも彼女の身体の一部のまま、主人を飲み込もうとしているように見えた。

「私を庇ったのが原因ですね」

「いや、別にそう言う訳じゃ――」「隠さなくとも、神はお見通しです」

あの時、白い狼人が放った炎を打ち払った直後。

微かにシオンの顔が歪むのを私は覚えている。

神々の加護すらも擦り抜ける〝呪い〟。

「……痛み、ますよね」

触れようとして咄嗟に手が引けたのが良い証拠だ。

カームが手を下さないのはこれが理由か……。

放っておけば呪いは彼女の身体全体へと広がり、……何事もなく、無事でいられるとは思わない。

この類の呪いは大抵、ロクな事にはならないのだから。

「術者を断てば消えるはずです。利害は一致しているはず」

「……そうだね。寧ろ同行させて貰えるなら僕も心強い。それに、これ以上マスターに心配させるわけにもいかないからね」

頑なに、教会からの要請を断り続ける英雄を動かす——、か。

それ程までの信頼を一酒場の店主が持ち合わせているのには些か疑問が残る。

「彼は……、何者なのですか」

聞いて教えて貰えるとは思わなかったのだけど、シオンはあっさりと口を割った。

「元王国騎士長だよ。十年近く昔に引退してるけど」

「隊律違反だっけ？　ここいらじゃ有名な話だよねェ？」

カームまで話に乗っかる。——ていうか、は？　なんか小馬鹿にされたし。

「……旅の時間つぶしにでも聞かせて貰いましょうか。その〝彼の有名な元騎士長様〟についてのお話はッ……」

幾らなんでも諜報部の報告書がザルすぎやしないだろうか。他人事だと思っていい加減に纏めやがってッ……!!

「それじゃ、ボクはこれでおいとまするよ。シスター・アリシア、神官服、破けたところは縫い合わせておいたけれど今のサイズは、」「さっさと帰れッ!!」

扉からではなく窓から蹴り出す。

神の事だけ気にしていれば良い物をッ……!!

「……アリシア……?」「……なにか?」「いや、別に……、なんでもない」「ですよね」

服のサイズが少し大きめなのは……、実用性の問題なのだ。余り窮屈だと動きづらいし、ほら。ね……? と、誰に向けてでもなく言い訳しながら服を着替え、荷物を纏めた。

シオンが付いてきてくれると言うのであれば一石二鳥。後は時間との勝負だ。

「……アリシアは別に……、小さくないと思うんだけどな……」

「…………」

独り言は、聞き流す。時間ありませんし。そりゃ、まぁ、シオンに比べればそうでしょうけどッ……!?

少しだけ、勇者の事が嫌いになった。……別に、深い意味はありませんが。

などと、どうにも精神的に疲れることがあった矢先。マスターに紹介された馬屋で待っていた相手に大きく私は肩を落とすはめになる。

いや、なんとなくまー、分かってましたけどさー……?

「何をしていらっしゃるのでしょうか。神の下僕様」

「神々のお導きサ。キミは手綱を握った事ないと聞いてネ？　勇者様に馬を引かせる訳にも行かない。それに先を急ぐなら二人掛かりの方が早いだろうしねェ」

「はー？」

さっさと死なないかな、此奴――。

思ってても口には出しませんが。旅荷を取りに教会へ戻った様子もなく、外套すら身に纏っていない。こんな馬鹿は放っておいてもそのうち野垂れ死ぬだろう。

「確かに〝馬は用意出来た〟とは言われたけど、御者の面倒までは見るとは言われてなかったしね」と真っ黒な神官服で御者台に座るカームを見上げてシオンは苦笑し、自分の荷物を荷台に載せると自身も乗り込もうと手を掛ける。

「良いんですか。お世辞にも良い人だとは言えませんよ」

「え？　そう？　良い人だと思うけどなぁ……？　まぁ、多少セクハラ染みた発言はあるけどさ。アリシアの信頼できる仲間だろ？」

待て待て待て。何をどう見てそう思った？？？

「僕とシスター・アリシアは旧知の仲なのさ」

そんなフォローに対し邪悪一色な笑みで答えるカームに思わず舌打ちしそうになるがぐっと堪え、感情を押し殺して尋ねる。

「いつ、私が貴方と旧知の仲に……？」

「君がいまの教会に配属されるその前から、君と僕とは知り合いじゃないか、シスター・アリシア？」

「シスターシスター煩いですよ、ブラザーッ……？」

これは、殺しきれなかった私の落ち度だ。私の、責任だッ……。

いつか、殺すッ……。

「……分かりました。確かに戦力にはなるでしょうし……、馬の扱いに関しても任せろというのであれば私は……」

うんうんっ、と嬉しそうなカーム。死ね!!

「ですが、警戒はしておいてくださいね。道中、なにが起こるか分かりませんから」

「勿論。何も君たちを護衛に当てがおうだなんて僕も思っちゃいないから。道中は僕に任せて？」

——違う。そうじゃない、と言えればどれだけ楽な事だろう。

下手に彼奴を排除しようとすれば不審がられる。普段ならどんな手を使っても邪魔者は排除する所だが、カーム相手ではどうにも分が悪い。

どう事故を装い、殺意を消した所で〝直感で〟躱してくるだろうし……。

「余計な事したら、貴方を異端認定しますからね」

私は荷物を載せ、御者台に回り込むと出来る限りの殺意を込めてカームを睨む。

「なぁに、大丈夫。全ては神々のお導きのままに、だヨ」——死ね!!!!

シオンがいなきゃ殴り飛ばしてたところだ。こんな奴と暫く一緒に行動することを思うと胃が痛くなりそうだ。

しかも、

「それに、彼の英雄にボクも興味が湧いた」「はいぃぃぃ？？？」

カームは余計な事を言い始めた。

「アレほど強い呪いを身に纏いながらも平然としていられるだなんて、神々の寵愛をその身に受けているというのは本当のようだ」

「……ああ……そうですか……」

よくもまぁ、白々しい事を言えるものだ。そんな風には微塵も思っていない癖に。

「邪魔だけは、……しないで下さいね」「僕は神々の声に従うだけさ☆」

馬鹿とやり合っていても仕方ないので出立することにする。

荷馬車を引く二頭の馬に触れ、「ごめんね、お願い」とこれから行う非道な方法を詫びてから祈りの言葉を告げ、「——【能力向上】」祈祷術を発動させた。

「一時間ごとに祈りを。貴方は潰れても構いませんがこの子たちが潰れたら本気で貴方を殺しますから」

「お任せを、神々の花嫁？」

「………………」

マジでこの仕事終わったら暫く休みを貰おう。あと、どうにか手を回させて、此奴は宣教師としてどっか辺境の地に吹っ飛ばそう。私の目の届かぬ所であればどのような信仰を持ってもらったとしても知らぬ存ぜぬだ。

「そんじゃ、石の都・クラストリーチまで三日三晩走り続ける旅路の始まり始まり～っ」

楽し気に馬を走らせ始めるカームと荷台で頭を抱える私。

「死なないでくださいよ、枢機卿……」

これでクソ眼鏡まで殺されていたら目も当てられない。

なんだかんだであの人が殺されれば教会は、……この国は、〝勇者暗殺〟という手段ではなく〝勇者追放〟か〝殺害〟に等しい強硬姿勢に出るのは間違いないのだから。

「どうか、神の御加護があらんことを――」

カームではないが、私も神々に祈りを捧げる。

ただ、その一方で魔王が討たれても尚、未だ、戦火の収まらないこの世界を呪った。

＊　＊　＊　＊　＊　＊　＊　＊　＊

いつだって、戦いを終え、戻って来た私を出迎えてくれるのは称賛と歓声だった。

敵を葬り、その血でその身を染め、時代を違えばただの殺戮者と成り果てるであろう稀代の殺人鬼は、戦争の中において〝英雄〟と持て囃され、注視される。

私の栄光を讃えた詩は広がり、いつしか本来の名とは別の呼び方で呼ばれるようになっていった。

――かつての英雄や、勇者たちと同じように。

彼らが、なにを想い、どうして戦い続けたのかを私は知らない。知る必要などなかった。

私は私の為に、私が守り抜くものの為に戦い、命を燃やしてきた。

その生き方に後悔はなく、また、そうしなければ守り抜くことが出来なかった。

この世界の神々は残虐で、他人の心など知らず、意思を汲み取ってなどはくれない。

奪い、奪われていく自然の摂理の前に、私達は戦う事でしか抗えなかった。

かつての英雄達もきっと、同じだったのではないかと、同じ場所に立つようになって分かったのだ。

それと同時に彼らが消えて行った理由も。

〝千を救うためには一を犠牲にする他なく、
　　　全を救う為には千の犠牲を強いる必要もある〟

それが呪いであると知りながらも、私はこの世界の為に戦場に身を投じ、世界を守る為の英雄で在り続けようと戦った。

千を救えるのなら、一を犠牲にすることなど惜しくはないと。

この身を血で染め、数多くの命を奪い続けた。

――それが、世界の平和の礎になるのだと信じて。

しかし、全にも勝る一を失った時、私は、千の為の一を辞める事に迷いはなかった。

所詮は私も彼等と同じだったという事なのだろう。

それが、英雄の名を捨て、野に下る事になろうとも。

――世界の為の英雄など、神々にとっての奴隷でしかなかったのだから。

＊　＊　＊　＊　＊　＊　＊　＊　＊

「――とまぁ、元王国騎士団長様は軍事作戦上切り捨てるべき村に部下数名と残り、そこに暮らす人々を守ったというお話ダヨ」

日が沈み始めた頃に始めた昔話を終えたカームは御者台で背筋を伸ばし直した。

「ただまぁ、奮戦虚しく、共に戦った村民の多くが死亡。生き残ったのは孤児院で隠れていた子供達が十数人って結末だけどね。極刑モノの軍規違反を犯したってのに割に合わない結果だよねぇ」

所詮は他人事なのでたいして興味もないようで、欠伸を噛み殺しながら「それまでの功績が功績だったし部下達にも慕われていたようだからさ。細かい処分はさておき、騎士団は辞めることになったとかなんとか。人づてに聞いた話ではあるけれど、あっているだろう」とシオンに後を託す。

「聞けば本人は否定するだろうけどね。〝俺はただの宿屋の亭主だ〟って」

「奥様を亡くされたというのは……?」

「……? それは初耳だね。……もしかしたら騎士団長時代にいたっていう許嫁の御令嬢の事かも」

少しだけシオンの声色が明るくなるのを感じた。その年頃の娘が色恋沙汰の話を好むのは勇者であっても例外はないらしい。

ただ、私としては別にその話題を広げるつもりはないわけで。

「教会とも繋がりがあるのはそのせいですか」

私の通り名を知っていたのもそれで納得がいく。

騎士団と教会は持ちつ持たれつ。現場レベルでは聖騎士達と王国騎士達の間で軋轢もあるそうだが、事務レベルではおおよそ友好関係と言えよう。傭兵組合の窓口業務を引き受けているのも旧友たちの支援になれば――、という想いもあるのだろう。

「割と有名なのですか、彼は」

「そうだね、少なくとも〝顔役〟としては、立てるに値するだろう」

カームは嘘をつかない。

それ以前に神以外の事柄についてあまり興味がない。

「全く……、だから調査がいい加減だというのです……」

情報は武器だ。それが標的の懐に踏み込むようなものであれば尚更。

ひとしきり教会の私に対する不遜な態度について息を吐き出した後、なんてことも無いように装ってシオンに話を振る。

「お師匠様とは彼の紹介で？」

そっと、殺意の刃は一旦仕舞い、敬虔なる神の花嫁然とした態度で。

今回、彼を追ってというのがシオンにとっての本音であり、あの男の存在はこの子にとってそう小さくはないだろうから。

「あー……、いや、どっちかって言うと逆かな。……師匠がマスターに押し付けたんだ。僕を」「………はて」

どうにも要領を得なかった。余り踏み込まれたくはないというよりも、この子自身がよく分かっていないように言葉を濁す。

「出来が悪いと、愛想でも尽かされましたか？」

冗談めかして言うとシオンは苦笑する。

「その前段階だなぁ……。弟子入り自体を断られて、それでもしつこく追っかけ回してたんだけど、……ある日突然マスターの所に置いて行かれた」「ああ……、なるほど……」

彼にとっては旧知の仲ではあるのだろうけど、シオンにとっては見知らぬ男の元に……。まぁ、あの男ならなんとなくやりそうな気はしますし、それだけ〝元騎士団長様〟を信頼しているという事なのでしょうが、「酷いですね」「そうなんだよ！　酷いんだよ！」

ぷんすかぷんっと妙な効果音を立てて憤る姿は勇者というよりも幼い町娘と言った方がしっくりと来る。

「〝アイツにも思う所があるんだろう〟とか〝アンタみたいな子に余計なものを背負わせ

たくはないんだろう〟とか、マスターは色々言ってくれたけど、僕は師匠にアレだけ頼み込んだのにあの人はッ……!!!!」

地団駄でも踏み出しそうな勢いに「それはそれは……」となだめようとはしたのだけど、シオンは更に身を乗り出し、眉間に皺を寄せて唸る。

「だからさッ……、逆に寝込みを襲ってやったんだよ！　師匠のさ、一番気を抜くタイミングで……!!」

ぶはっ、とカームが吹き出す感覚。

「そ、それはそれは、……随分と、大胆なのデスネ？」

「ふふ、あの時の師匠の驚いた顔ったら一生忘れないよッ……」

無論、恐らくそれは暗殺者としての意味合いで、性的な物は含まれてはいない。……いないと、思う。いや、分かりませんけど、「英雄ヴァイスと言えば一度は神々の聖人認定を受け、神の怨敵を屠り続けた伝説の人物……。……かようなお方にそのような恥部がおありとは――」御者台から揶揄うように告げるカームに一瞬シオンの表情が固まった。

「べ、別に師匠が間抜けだとか、実は抜けてる部分が多いとか、そういう話じゃないんだからね……!?　僕が、師匠の思っている以上にやれる奴だったって話で――」「ええ、分かっておりますとも。神々に尋ねなくともその程度の事は」「本当ォ……？」

存外気が合うのかカームが合わせているのかは分からないが言葉を交わす二人の仲はそう悪くは無い。カームの〝神々以外は全て平等〟という価値観が存外彼女にとっては接しやすかったのだろう。

ですが――、……余計な事をするようであれば、分かっていますよね？

シオンに気取られないように細心の注意を払いつつ、カームには視線で釘を刺しておく。私が意識を失っている間は大人しくしてくれていたとはいえ、〝神の一声〟で突然凶行に走るのがこの異常者だ。

しかし何をどう解釈したのかカームは満面の笑みで手を振り返して来る。

私が暇をしているとでも思ったのか、この馬鹿。

怪訝そうにシオンも振り返ってしまうし、なんかもう……、疲れた。病み上がりだとか関係なく、このままの状態が街に着くまで続くと思うと心底本当に、「はぁ……」「大丈夫……？」そうシオンが心配してくれるのは心からの優しさで、いまの立場抜きに知り合えたのなら、良い友人として傍にいて欲しかったという気すらしてくる。……が、この子は勇者で、私は花嫁だ。神の奴隷としてすべきことを果たさねば、私の居場所はなくなる。

「すみません、街に着くまでには回復するとは思いますが外への警戒はお願いしても宜しいでしょうか」「うん、勿論！　こうして相乗りさせてもらっている分、仕事はするよ」

ボロを出さない自信はあるけれど、猫を被り続けるというのも肩が凝って仕方がない。

しかしながら、こうしてみてみるとどうにも勇者には欠けている物が多いように映る。

街中での襲撃の際、私はこの子の後ろ姿に神々の光すら見た。

だが、富も名声も。並大抵の町娘では到底手に入れられぬようなものを掴んでおきながら、外に目をやる横顔は何処か寂しげだ。

それは先を行く師匠を想ってのものなのか、それとも、独り野山を駆け、魔族の首を狩り続けるものとして身に付いたものなのかは分からない。

だが、〝勇者・エルシオン〟はとても孤独な存在に思えた。

いまの彼女からはとても剣を振るい、血を浴びる姿など誰も想像できないだろう。それはぎゅっと抱きしめれば折れてしまいそうな程に、細く映る。

――なかなかどうして。

私が一般的な聖職者としての道を外れている事を除いても、この子は思った以上に面倒なものを抱えているのかもしれない。

「すみませんが私は先に休ませて頂きますが、……カーム、くれぐれも勇者サマに失礼なきように」

「君はもっと僕を信頼すべきだヨ、シスター・アリシア」

いいえ、私が貴方を信じるようなことがあれば、それはきっとあなたの息の根を止めた時だけですよ？

──……嗚呼、いえ、それでもきっと死体を焼き尽くすまでは安心できませんか。なんとなくこの男は骨になっても這い出て来そうな予感すらしますし。

「シオン、何かあればすぐに私を起こしてくださいね」

「心配性だなぁ……？」

毛布を手繰り寄せ、硬い荷台に身体を丸めて少しでも体力の回復に努める。

祈祷術が解ける度に新たに術を掛け直し、二頭の馬の寿命を削る事で馬車は全速力を保ち続けている。

私達の行く先を照らすのはカームの生み出す仄かな光だけだ。日が沈み、随分と時間が経った。本来ならば野営すべきなのだろうが、事態は一刻を争う。

街から逃げ出した貴族共の荷馬車たちはとっくに追い抜いていて、恐らく今夜中には奴に追いつくだろう。

如何に魔族の身体能力が高いとはいえ、それは瞬発的な物だ。馬や竜馬とは違い、狼人の足は持久力に長けていない。幾ら規格外のバケモノであったとしても奴等狼人種が一昼夜走り続けられるとは考えられない。

関所が襲撃されたという話もありませんし、引き返している可能性もあるとはいえ、流石にそれは楽観視が過ぎるというものだろう。

――なにより、それを追ったヴァイスに未だ追い付いていない。

以前殺害されたシャウクス枢機卿はアースヘルムから前線をなぞる様にして西に向かった先、七大枢機卿会議から自分の領地へと戻る道中を狙われたと聞いている。

戦線に近い二つの街の頭を潰され、王国は急ぎ騎士団を防衛線へ送り込んでいるだろうから、内側はどうしたって手薄になっている。

ただでさえ新月の近い夜。身を潜めるに適した闇はそこら中にあった。

「こんなことなら直接紐づけしておくべきでしたね……」

経典のページを通して間接的に行ったのが不味かった。

勘づかれたという訳ではないだろうが標的との距離感はいつの間にか薄く、遠くなり、この返って来る反応が確かにあの魔族のものなのかすら曖昧だ。

「　まるで娘が恋人を連れて来るのを待つ気分だよ　」

眠るフリを続ける中。ようやく繋がった通信の向こう側で枢機卿は感慨深そうに頷いた。

状況が状況でなければ通信を切っていた所だが、そう言う訳にも行かず無言で言葉の先を促す。いまはただ、少しでもあの白い狼人について情報が欲しかった。

……ただ、私が言い返せないのを良い事に枢機卿はどうでも良い話を上機嫌で延々と続け、最終的に分かったのは〝どうにも厄介な相手らしい〟という漠然とした報告だけだった。

「アレは天狼族とも呼ばれる一族の末裔らしくてね、仲間内では〝天牙将軍〟などと呼ばれていたらしいね。自分たちの王が討たれて怒り心頭って感じ？」

次の標的は貴方ですよと親切に教えてあげたのにも拘らず呑気なものだ。

クソ眼鏡は微塵も調子を変える事無く続ける。

「神の怨敵が〝天〟を自称するなど、実に面白いと思わないかい？」

思いませんね。

御者台のカームの様子を窺い、笑うシオンの横顔を見上げる。あちらはあちらでどうでも良い話を繰り広げていらっしゃるらしい。

——天の牙、ねぇ……？

別に奴らが何を名乗ろうがどう思っていようがどうでも良かった。神の名の下に魔族は滅ぼさねばならない。神の子らに繁栄を。神の怨敵には鉄槌を——。

「とにかく、何か分かったらまた連絡するよ。……その頃には君も街についているかもしれないけど、夜明け前が一番暗い。用心するんだよ」

柄にもなく、神への祈りではなく私への警告で通信は切れ、一体いつまで神の名の下にこんなことを繰り返すのだろうかと、妙に冴えた頭で思う。

「魔族は悪。魔族は殺さなければならない……」

どうしたってあの狼人の子供らの最期がチラついた。本当に神が存在するのであれば、私に一言、「間違っていない」と言ってくれればそれで済む話なのだが。

「…………」

いや、それすらもどうでも良いのか。

花嫁たる私には関係ない。

神様の言う通り、神々の怨敵を排除し、この地上に安寧を齎すのが私達、神々の花嫁の仕事だ。余計な事は考えず、ただ、仕事を完遂させればいい――。

たとえ、この瞬間に奴が誰かを襲っていたところで、それは私の仕事ではない。

シオンは憤るかも知れないが私には関係の無い話なのだ。

手の届く範囲、出来る限り多くの人を救おうとする彼女とは違い、私はただ私の居場所を守る為にも神の命に従い、勇者に取り入り「……殺せばいい……」

ただ、そうやって自らに繰り返しつつも少しずつ本来の目的とズレた所に転がされているような気がして落ち着かなかった。

カーム程とは言わずとも、何か妄信的に縋る事の出来る何かがあるとすれば少しは楽になるのだろうが……、……生憎、私は神の名を騙る愚か者共の正体を知っている。

己が欲の為に都合よい神託を綴り、都合の悪い人物を消して、自らにとっての平穏な世界を作り上げる。神々とはその為の舞台装置に過ぎない――。

「馬鹿馬鹿しい」

――この世に神は、存在しない。

そうして気付いた時には私は眠りに落ち、目覚めた時にはあの狼人へ付けていた紐づけは完全に外れてしまっていた。

果たして、外れたのか外されたのか。

どちらであるかは分からないケレド、こうなってしまっては今この瞬間に奴が何処かで、誰かを襲っていたとしても私達にそれを知る術はない。

神々のお導きか、それとも気まぐれか。私たちを乗せた馬車の車輪は回り続ける。
そうしてじきに車輪と共に死は巡り、死神は姿を現すのだろう。
私の向かう先に、それがなかったためしなど在りはしないのだから——。
見上げれば、世界を覆いつくすような重苦しい空が広がっていた。

6

サラマンリウス七大枢機卿が治めるクラストリーチは大理石と水の都で有名な都市だ。街中にまで水路を引き込み運送に活用している街並みは観光名所としても名高い。大陸南東部に位置し、魔族の襲撃など一度も受けた事などない。人類にとっては重要な貿易都市の一つだ。

その中央、街中を統べる様に建築された教会前に着くや否や、使い潰された馬たちを担当の修道士達に預け、私はクソ眼鏡の待つ大聖堂へと向かっていた。

聖堂内には人影は少なく、勇者がやって来たというのにその出迎えは静かな物だった。ただでさえ人手不足だった所に枢機卿暗殺と魔族の襲撃で更に手薄になっているらしい。

――だからこそ、枢機卿の暴挙を止める事が出来なかったのだろう。

「いやはや、ご無事で何より。この聖堂を任されているサラマンリウスです――とはいっても、君と会うのは、二度目かな。勇者エルシオン殿？」

「そうですね、サラマンリウス枢機卿……貴方も、お変わり無いようで……？」

いや、お変わりあるだろう。サラマンリウス七大枢機卿。

大袈裟な振る舞いで握手を求めるサラマンリウス七大枢機卿は何処からどう見てもふざ

けきっていた。メガネは普段かけている物ではなく祝賀会などの余興で使う鼻眼鏡だし、度が入っていないからとシオンではなく私に握手を求めて来ている（絶対にわざとだ）。

その上、何故か私の愛猫〝アタランテ〟を抱き抱えていた。

普段ならそれ相応の礼節を見せるであろう勇者でさえも若干戸惑っていた。

「件の魔族ならば諜報部が追っているから、まずは旅の疲れを癒すといい。我が聖堂の大浴場は一級品だからね」

私たちの戸惑いを全く意に介せずに話し続けるクソ眼鏡改め鼻眼鏡。

「なんなら部下に背中でも流して貰えばいいさ。二人、水入らずでね」

風呂に入るのに水入らずとはこれ如何に。「ちょっと、神父様」言ってシオンに耳打ちする上司の膝裏を蹴飛ばしつつ、頬を引っ張って引き剥がした。

マジで死ね。

ていうか、アタランテめっちゃ暴れてるし。シオンが怖いのかなー……？

「私は報告がありますので勇者様はお先にどうぞ。部屋も用意されている筈ですので」

告げるとシオンの後ろ側で世話係を承ったのであろう修道女が姿を現す。

私と齢の近い、若い花嫁だ。同僚の顔を全て把握しているわけではないけれど、異端審問官の印である通信用のピアスを着けていないから〝まともな修道女〟なのだろう。

神々の花嫁である彼女が男である勇者様に接触(せっしょく)を持つとは思えないから、取り敢(あ)えずは問題ないだろう。幸いにもカームは街に到着(とうちゃく)して間もなく、〝神のお導きが聞こえた〟とか言ってどっか行ったので取り敢えず放っておいて大丈夫だろう。何かあったらクソ眼鏡のせいだ。

「枢機卿サマのおっしゃる通り、今はお休みください」

念(ねん)の為、シオンにも釘を刺して置く。

「僕(ぼく)は平気だよ？」

「平気ではないから、言っているのです」

事実。彼女の身体を蝕(むしば)む呪(のろ)いは既(すで)に今朝の時点で首筋を回り込(こ)み、腹部まで伸(の)びて来ていた。このままだと明日か明後日中にも全身に回りきるかもしれない。

魔王亡きいま、勇者の存在を疎(うと)む者は多いとはいえあの白狼(バケモノ)を前にしてそれを失うのは余りにも無謀(むぼう)だ。

「では、枢機卿。行きましょうか」「ああっ、シスター・アリシア、そう急がなくとも時の神はまだ時間があると——、ああッ!!? 痛いッ!! 痛いから、ちょっと待っ」

千切れない程度に頬を引き伸ばしつつ、私は私の仕事を片付ける為に向かう。

別(わか)れ際、シオンの見せた表情が少し寂しげに見えたのは、私の思(おも)い違いだろう。

「では、報告を聞こうか。異端審問官(シスター)アリシア？」

枢機卿用の執務室(しつむしつ)に入るなり上司の態度は急変する。つか、いい加減外せ、その鼻眼鏡。

此処(ここ)に戻(もど)って来る道中、もしもの事があればと憂(うれ)いていたのに顔を見るなり「死んでたら良かったのに」なんて思ってしまうあたり人間って分からないものだ。

「ていうか、本当に死んでくれてても良かったんですけどね」

「口に出ているよ、アリシアくん」

「あらま、失礼。失礼ついでに本題に入りましょうか」

サクッと話題を変える。後ついでにアタランテを返して貰(もら)った。おー、よしよし。寂しかったでちゅねー？？

「実際問題どうだったね。勇者クンは」

「どうもなにも疑うことを知らない子供じゃないですか。あんなの、私じゃなくとも容易に寝首(ねくび)をかけるのでは？」

前任者達が悉(ことごと)く返り討ちにあったのは選別が間違っていたからに過ぎない。必要なのは美女ではなく、彼女の話を聞いてやれる修道女(シスター)だ。そう言った意味ではその道を途中(とちゅう)で逸(そ)れる事になった私もまた不適切と言わざるを得ない。

「それこそ聖女様の出番なんじゃないですか？　噂ではどんな極悪人でも心開くとか言うじゃないですか。お願いしたら一発かも知れませんよ？」

だが枢機卿は首を横に振る。

「確かに彼女の手に掛かれば迷える子羊は難なく帰路につくことができるだろうね。でもそうじゃない。我々に必要なのは彼の英雄を導き、その肩の荷を下ろさせる事ではない。我々に必要なのは〝勇者を手懐ける事なのさ〟、シスター・アリシア」

「………」

要は利用価値があるうちはどうにか使い潰したいと言うことなのだろう。

「ホントクソ眼鏡ですね」

「心外だなぁ、暗殺より平和的だとは思わないかい？」

大袈裟に溜息を吐き、芝居がかった動きを見せる上司に、本気で頬をぶん殴ってやりたくなった。

経典でなく、グーで。

「それに、そこで怒りを覚えるというのであれば、少なからず君は彼女に肩入れし始めているという事だね。良い傾向だ」「肩入れしているように見えますか？　私が」

冷静沈着。

顔色一つ変えずクソ眼鏡の話を聞けている筈だ。こんな話に心を揺(ゆ)さぶられるほど未熟でもない。

「そもそも、今はそんなことを言っている場合でもないでしょう。枢機卿、何人死んだと思ってるんですか」

「三人かな。君達がここにやってくるまでにもう一人、殺された、と言うよりも殺されているのが発見された、と言う方が正しいのだけど」

「よくもまぁ……」しゃあしゃあと。

次に狙(ねら)われているのが自分かも知れないというのにどうかしている。

「それともまさか、……掴んでいるんですか。標的(ターゲット)の居場所」

「僕は知らないよ？」

と差し出されたのは神々からのお告げ。神託だ。

はーっ、なるほど。どーりでー。

「七大枢機卿が次々殺されてるって言うのに警備が手薄過ぎるとは思いましたよ。既に人員を市民の避難(ひなん)と標的の確保に割(さ)いていたんですね」「中身は読んでないよ？」「読まずともわかる癖(くせ)に」腹が立つ。

なんだかんだで打つべき手を打っているクソ上司に。

色々と個人的に思うところはあるのだがなんだかんだ言ってこのバカは私の知っている枢機卿の中でも〝まだ〟まともな方なのだ。

——だからこそ、殺させる訳にはいかない。

「優秀な部下を持って僕は幸せ者だよ。なんと言っても最後の一手は最も信頼のおける君が担ってくれるのだから」

「行きませんよ。魔族の相手は私の管轄外ですし」

街中で遭遇した時とは状況が違う。どうにもああいったモノの手合いは私には向いていない。第一、教会が組織だって動いているのなら私の出る幕はないはずだ。

しかし枢機卿は鼻眼鏡を取り、窓の外を見る。

「いいや、これは〝異端審問官である君の仕事〟なのだよ。執行官・アリシア」

「……まさか、魔族ではなくヒトだったんですか?」

あの白い狼人が？　いや、アレは、正真正銘狼人であり魔族だ。だとすれば……「内輪揉めしている場合じゃないとは思うんですけどねぇ……?」

「全くだよ。どうにも一致団結せねばならぬ時こそ、我が好機と捉える輩は多いみたいでね。ここ数日、死んだ枢機卿の街は酷い有様さ」

「他の勢力基盤が崩れるのは嬉しい癖に」

「何も僕は自身の地位を高めようと思った事など一度も無いよ？　全ては人の為、世の為さ。その為の勇者悩殺(のうさつ)、勇者楽園計画(ハーレムプロジェクト)だろう？」

うさんくさー。

「ま、なんにせよ調べが済んでいるのは良い事です」

今更(いまさら)突(つ)っかかった所でどうにもならないし、どうする事も出来ない。

神託には教会のシンボルに大鎌を組み合わせたもので封(ふう)がされている。

誰が考えたのか、これは〝異端審問官〟にのみ使用される密書を意味し、〝死神〟を表しているとかなんとか。安直デスネー。

「貴方の護衛には勇者(シオン)を？」

「引き受けて頂けるようなら、ね。それに僕が彼女を引き付けておいた方が君は仕事をしやすいんじゃないかな？」

「まぁ、私が見当たらないからと言って探しに来るような子ではないとは思いますが」

あくまでも私は花嫁(シスター)で、その職務を優先する事には疑問をいだいていないはずだ。

「バックアップは任せて君は君の仕事に集中してくれたまえ？」

含みのある言い方になんとなく引っ掛(か)かりを覚えなくはないのですケド。

「……内輪揉め、している場合じゃないとは思うんですけどね」

愛猫を放し、封を切る私に鼻眼鏡改め普段使いの眼鏡を掛け直したクソ神父は静かに祈りを捧げる。

「どうか、我らが行く末に神の御加護がありますように」

白々しく、聖職者然とした振る舞いで。神の名を騙り、己が思惑を推し進める。それがこの世界の教会のやり口で、その片棒を担ぐのが私達〝異端審問官〟だなんて、今に始まった事でもない。

「枢機卿もどうかお気を付けて」

蝋燭の灯りで神託を燃やしてから私は部屋を後にする。

神託の内容はもう、頭に入っている。

そもそも神々の考えに疑問を抱く事すら許されぬ私たちには必要最小限の情報しか与えられない。神様からのお手紙にはいつ、何処に向かうべきかが綴られているだけだ。

執行対象がどんな人物なのか、何の罪を犯したのかを我々が知る必要はない。疑問を抱く必要などもない。ただその現場に居合わせた者全員を殺害し、帰るだけ。神々の執行者たる私達に手出しするような者は現場権限で処罰の対象と出来る。ある種の治外法権だ。

王国の騎士だろうが貴族であろうが、神々の寵愛を受けている者達であればこそ、否定する事の許されない理。

だから私はただ、神に導かれるがままに、使命を果たせば良い。ただの神の遣いとして、花嫁の一人として、神の意を介せぬ者を排除するだけだ。

「…………………ふぅ」

ひとしきり、自分の中で考えに整理を付け、辿り着いた先は裏通りに面した寂れた宿だった。私が入って来るのを見るなり店番をしていた主人は膝の上に乗せていた愛娘を奥へと押しやり、小さく祈りを切った。話は、付いているのだろう。

私は、指定された三階のその部屋に向かってノックはしない。

扉に鍵は掛かっていない。掛かっていなかったのか〝開けられていた〟のかすら確認する必要もない。私はただ、これまで繰り返して来たのと同じようにナイフを振るうだけだ。

ただ、それだけ。　――なの、だが、

「あぁ……、そう言う事だったんですか……」

その姿が目に入った瞬間、全てを理解したような気がした。

否、腑に落ちたというべきなのかも知れない。

ベッドの上で膝を立て待っていたその男に、私は感情を表に出すことなく語り掛ける。

「それなりに尊敬はしていたんですけどね――……、元勇者の、英雄様？」

勇者殺しの前段階としてはなんとも気の利いた配役だとは思う。

「……ん、ああ……。随分遅かったな。寝ちまう所だったぞ」

「それは惜しい事をしましたね。私としては寝込みを襲いたいのでもう一度お眠り頂いても？」

「そいつはちぃと難しいな。美人のねーちゃんでも添い寝してくれるってんなら試してやっても良いが、流石にアンタじゃその気も起きねぇ」

「愛弟子と歳も近いですしね」

丸腰にもかかわらずその振る舞いには余裕があり、腕を首の後ろで組むと背筋をほぐして見せる。

「最近の審問官は随分と生温くなったもんだな？　俺の知り得る限り、お前のお仲間は有無を言わさずナイフで喉を掻っ切ってくるような奴らばっかだったぞ。それともなにか？　シオンの肩を持つ気にでもなってくれたのか」

違う。ただ、見知った顔に、その動機に、一種の皮肉めいたものを感じただけだ。

「流石に、どうしてとは聞かねぇか」

「当たり前です。教会の自業自得(じごうじとく)だって話じゃないですか」

「それもそうか」

用済みになった勇者は暗殺される。

それを知っていた英雄は弟子を殺される前に〝殺す側に回った〟というだけの話だ。

なにも、不思議な点はない。因果応報。教会は虎(とら)の尾(お)を踏んだのだ。

「それほどにまで、想(おも)っていたのであれば、もう少し優しく接してあげては？」

「甘(あま)やかして生き延びられる世界なら誰だってそうするさ」

「辛(つら)く当たった所で死ぬときは死にますよ」

勇者自身が枢機卿(すうききょう)を襲っていたのではなくてまだ良かったけれど、枢機卿殺しがかつて勇者と呼ばれた英雄であったというのも笑えない事実ではある。これで上層部は〝人類の英雄もいずれは教会に牙を剥(む)く〟という大義名分が出来たと喜ぶだろう。

「あの子に掛かっている加護はあなたのものだったのですね」

「おや？　そこまでバレちまってたのか」

「ええ……、まぁ、他に心当たりもありませんでしたし。アナタ様なら納得も出来るというものです」

この世に神様なんてものは存在しない。

祈祷術と呼ばれているものだって、固有技能と呼ばれているものだって、仕組みを紐解けば魔術とそう変わらない。術式が存在し、それを発動させる者が必要となる。所詮は全て〝魔力を行使した現象〟でしかないのだ。

眠りながら歩くことが不可能なように、眠っているときにまで術式を発動させ続けるなど不可能。……故に、勇者が眠っていようが気絶していようが発動し続けている其れは〝神々の寵愛〟と言われているのだ。

カラクリは分かっているのに教会の〝祈祷術の真実を知るごく一部のペテン師の間〟でさえも、その術者を突き止められなかった。――それも、その術者が嘗ての勇者。英雄と呼ばれる程の男で在ったというのならば理解も出来る。

「誰が戦闘中に魔術を使えないですって?」

「手の内を隠すのはお互い様だろ、多重奏者?」

否、慣れでどうにかなる問題ではないのは私が一番よく知っている。

それ程までに遠く――、……強い。

届くだろうか、私の腕は。

「仮にも人類の英雄と相対する事になるとは悲しい物ですね」

言いながら、計る。私と、この英雄との差を。

「他に方法はなかったのですか？　教会と、交渉するとか」

「殺しを生業にする奴の台詞だとは思えねーな」

「それも、……そうですね」

そもそも神々の決断は、そう易々とは覆らない。

「かといって、シオンに勇者を辞めろと言っても聞きはしないと」

「そういうこった」

例えば孤児院――。あの子が報酬のその殆どを注ぎ込んでいるとは言うが、それだけで成り立っているとは思えない。勇者様の後ろ盾が無くなれば真っ先に切り捨てられるのは彼等だろう。

「頭のかてぇ奴等ばかりで困ったもんだな？」

「全くですよ。もう少し柔軟に生きたいものです」

シオンが勇者を続けるというのであれば、教会からの暗殺指令は取り消されることはなく、この英雄は枢機卿を殺すというのであれば私は異端審問官として仕事をするしかない。

「悪いようにはしませんから、大人しく殺されて下さると助かります」

「それが神様のお導きか？」

「ええ、唯一で絶対の、神託です」

ナイフを仕舞い、ホルダーから経典を抜いて頭を下げる私に英雄は笑う。

暗殺であれば刃物を使うが、戦闘ともなれば慣れているのは鈍器だ。

出来る事ならどうにか懐柔したかったのが本音ではあるが、仕方がない。

「構えないのですか？」

「構えてるさ、これでな」

「…………」

相変わらずベッドの上で膝を立てて座ったままの英雄は静かに私を見つめる。

どいつもこいつも、人の心の中を見透かしたような態度を取って何様のつもりなのだろう。気に食わないったらありゃしない。

その上、微塵も構えているようには見えないその姿は一陣の隙も無く――、下手に此方から手を出せば易々と迎撃されるであろうことが手に取る様に分かった。

「……跳び掛かって来ないってンなら、命乞い程度に一つ聞いていいか？」

「……なんでしょう？」

「なーに。難しい話じゃねぇさ。神様の教えについての質問だ。神の名の下に全ては平等。

その言葉を信じてる輩は多いし、実際にそうなんだろうさ。一皮むけばその命に重いも軽いもありゃしねぇ。所詮俺は肉と血の塊だ」

彼がベッド脇に手を伸ばしたので反射的に警戒したが、英雄が取り出したのは私が持っている物よりも二回りほど小さな、薄汚れ、まるでゴミ山から拾って来たかのような経典だった。

「救える命には限りがあって、奪う命との違いは主観でしかねぇ。……なら、テメェはその境界線をどうやって決める？」

「その身を血で染めてまで守りたいものは一体なんだ」

傷だらけの頬は歪み、そこに収まった鋭い瞳はまるで獲物を捕らえる獣のようだ。

「何をお尋ねになるのかと思えばそんな――……」

愚問だった。答えなど決まっている。

「全ては神の、ご意志のままに」

彼等に見捨てられない為に。

敬虔なる下僕である為に。

「……お前も、随分と生き苦しそうだな」

「よく言われます？」

私たちは自然に嗤っていた。

「従順な花嫁を、殿方は好むそうですので？」

私が経典の一ページを引き千切り構えると同時に英雄からは笑みが消える。

「彼奴の、……助けになってやることは出来ねぇのか」

「この身を捧げる先は神々だけと決めておりますので」

「そりゃぁ残念だ。嬢ちゃんみてぇのが彼奴の傍に居てくれりゃ、こんな回りくどい手は取らなくても済むかと思ったんだがな」

それは諦めにも似た、寂しげな微笑みだった。

本気でそのような事を想っている訳では無かろうに——。

「そんじゃ、話はそろそろ終いだな」

言って英雄は自分の得物を手に取り、立ち上がると、その顔から感情を削ぎ落した。

「殺しの時間だ」

——衝撃は、真横から襲って来た。

「————ッ……!!?」

咄嗟に経典で受け止められたのは奇跡としか言いようがなく、振るわれた剣の余波は壁を砕き、壁に叩きつけられた私ごと宿を揺らす。

「流石、ですね……」

反撃はおろか、目の前にある、どう猛な光に飲まれないよう、歯を食いしばるので精一杯だった。反射的に固有技能で身体能力を向上させていたのにも拘らず、反動で左肩が砕けていた。即座に祈祷術で治していくが――、……右腕の痺れ具合からすると腕の骨にもヒビが入っているかもしれない。

「安心しろ、鞘からは抜かないでやる」

「鈍器で殴られれば人は死ぬんですよ。知らないんですか?」

言いながら、私は床を蹴る。狭い部屋の中では刀身の長いそれは振り回すのに適さない。一旦反対側の壁に着地し、即座に蹴り飛ばして首筋を狙、「いっ――、」直感で方向を変え、部屋の中を跳ねて死角を探る。

彼は、私の動きを身体で追ったりはしていない。現状、勇者はこちらの手の内にある。ヴァイスにとっては人質を取られているようなものだ。私の相手をしながらも〝神々の加護〟の術式は常に走らせ続けなければならない。アレほどの防御術式を発動し続けているのであれば、他の術式を併用するような事は出来ないハズ――。

——なのに、局所局所で仕掛けようとするたびに足を掴まれそうになるような悪寒が止まらなかった。

「ッ————!!」

だからって、ずっと様子を窺っている訳にもいかない。持久戦に為れば不利なのはこちらの方だろう。意を決し、速度が一番乗った瞬間に切り返して踏み切り、死神を振り切り、今度こそ首の付け根、ヒトの急所を狙って跳んだ。

完全に死角から死角への移動。順を追って辿れば間違いなく間に合わないであろうタイミングだった。——それでも、一縷の迷いすらなく英雄は振り返り、その瞳は、真っすぐに私を捉えていた。

迎撃は、必至。

打ち落とされればただでは済まない——、が、「関係ないッ!!」

今更切り返した所で後手に回るだけだ。

言い聞かせるようにページを投げ放ち、振り下ろされようとしている右腕を牽制——。

突如生まれた爆発に刀身が弾かれ、其れにつられて彼の動きは鈍る。

通る——。

身体を捩じり、がら空きになった横っ腹に向けて蹴りを放とうとした私へ、〝上からの衝撃が襲う〟――。

「あッ……」

睨み上げた先。

宙に打ち上げられた得物を手放し、振り下ろした腕を再び薙ぎ払おうとする英雄――。

「【身体強化】、【能力向上】ッ……!!」

本能的に固有技能と祈祷術を発動させていた。

その一瞬――、認識のズレによる瞬きにも満たない刹那。ほんの僅かに私の動きは英雄の虚を突き、その背後を取っていた。

歯を食いしばり、経典を振るった。――振るった、右腕が痺れていた。

辛うじて首筋に本の角は届いている。

確実に骨を砕き、首を折る一撃だった。

衝撃で彼の足は床にめり込み、板に亀裂が入った。

――だが、獣の如き瞳は、微塵も揺るぐことがない。

「嘘……でしょうっ……？」

まるで岩でも殴ったかのような感触に、――経典が指先から零れ落ちて行った。

「わりぃな、鍛え方が違うんだ」

人形でも持ち上げるかのように私を肘で跳ね上げたヴァイスは、そのまま右腕を振り上げ、刀身を私へと振り下ろす。

宿の壁を、天井を破壊しながら、まっすぐに打ち付けられた衝撃はベッドを貫き、床をも破壊する――。

あちこちから悲鳴が上がり、建物の残骸が舞い散る中、私は、そんな光景を床で茫然と見つめていた。

「決着、だな。嬢ちゃんは神様のお告げの通り仕事をしようとしたが、力及ばず返り討ちにあった。そんだけボロボロなら言い訳も付くだろ。――お前は悪くねぇ」

刀身を肩で担ぎ、意地悪く笑みを浮かべるその男は、

「悪いのは、全部俺って事で上には報告すりゃいいさ」

まさしく、英雄と称えられるに相応しい風格と、器量を兼ね備えていて。

「っ……、」

自分の小ささに嫌気が差す。技量も、器も。

比べるべきモノではないことは分かっているが、それでも、私は彼らのようにはなれはしないのだろう。

別段、目指すつもりも無いが。

「うちの枢機卿は勇者暗殺に消極的です。……寧ろ、彼女が勇者を辞め、一線を退く事を望んでいます」

私はただ、自分の身を守りたいだけだ。事の成り行きがどう転がろうが、居場所を守ればそれでいい。

「他の枢機卿に向かってください。私に言えるのはそれだけです」

落ちていた経典を拾い、再びホルダーに直すが膝が震えて立ち上がれなかった。

腹部のダメージからではない。恐らくこれは、「……ほんと、なにやってるんですかね、私は……」どうにも勇者絡みのこの仕事に就いてから上手く行かないことだらけだ。

それなりの実績を積み上げてきたつもりだったのに自信無くしますよ、ほんと。

「はぁ……」

そんな私の頭を大きな手が包み込んだ。まるで子供をあやすかのように。

「立てるか？」

一体誰のせいで、腰が抜けたか分かっているのか。

「止めてください。子供じゃありません」

「自分の足で立てない内は子供なんだよ」

腕を払いのけると代わりに差し出されたのは手だ。渋々受け取ると私を引っ張り上げ、立たせてくれる。

「殺せばいいじゃないですか……」

私を生かしておいたところで得はない。

教会に身を置く以上、一度処分に失敗したからと言ってその任を解かれる訳でもなく、彼が生きている限り私は何度もその命を狙う事になるだろう。

だが、英雄は笑う。

「嬢ちゃんが本気で殺しに来てたら殺してたさ。なぁ、多重奏者？」

「…………」

違う、私は使わなかったんじゃなくて使えなかっただけだ。

「ま。色々と言いてぇことはあるだろうが――、……これだけデカい騒ぎを起こしちまったンならお前は来るよなぁ……、シオン？」

視線を追って見上げた先。――壁が粉砕され、砕けた屋根の向こう側にその姿があった。

「し、しょう……？」「おう、俺様だ」

ボロボロの私と、軽快に挨拶するヴァイス。

その二つを見てシオンは何を察したのか。

「ッ――、」

なにかを尋ねるよりも早く、剣を抜き、一足の元に間合いを詰めると自分の師匠にそれを振り下ろしていた。

「ははっ、良いぞ。判断が早いのは良い事だ」「間違いだとッ……、釈明してくれると僕も謝れるのですがッ!!」

巨大な刀身を収めた鞘のままシオンの剣を受け止めたヴァイスは彼女を振り払うと一旦距離を取り、シオンは私の傍に着地する。

「怪我は――……、酷いね。……ごめん、うちの師匠が」

「いえ……」

真っ先に心配され、言葉に迷う。

「……聞かないのですか。どうしてこうなったのかを」

「聞かなくても良いっていうか、あの人が君をそうしたって言うなら同じだけ傷を負わせてからだよねッ……!!」

……もしかしてかなり怒ってますか、この子。

「あ、あの……」「見損なったよ師匠!! 僕にならともかく、こんなか弱いシスターにまで手を上げるだなんて!!」「買い被りだ。お前と違って俺は女も好きだし美味そうなメスをみりゃ昂るのが英雄だ」「ぢッ……!!」

あ、いや、…………ええー……???

怒りでシオンの周りが熱を持ったように揺らめいたように見えたのは決して気のせいではなかった。魔族と戦っていた時以上の気迫に圧倒されそうになる。

「落ち着いてください。私は平気ですし、傷はすぐに治せますので……!」

「そうはいかないッ……、平気な、ハズが、ないッ……!!!」

ええー……???　えええええーっ……?　話聞いてー???

私の混乱を余所にシオンは明確な殺意を以て師匠に剣を向ける。

「矯正ッ……、します。これ以上、道を踏み外さない為にも」

「偉そうな事を言うようになったなァ?」

ああ、もう……、メンドクサイ……!!

どんどんヒートアップしていく師弟間の軋轢に私は呆れつつも二人の間に割って入り、長剣とシオンの剣をそっと押し返すと告げる。

「落ち着いてください。話は済んでいるのです……。利害も一致しておりますし、私の怪我はちょっとしたアクシデントみたいなものです」

「だけどアリシアッ……!!」

落ち着いて私は首を横に振る。彼女の熱に充てられる必要はない。私まで引っ張り上げられてしまえば余計に刺激を与えかねないし。

「ヴァイス様も。どうして誤解を生むような言い方しか出来ないのですか。まさか普段からこんな感じなのではないでしょうね」

「誤解も何も、此奴が勝手に突っかかって来ているだけだろう？　身体ばかりでかくなりやがって、いつまで経っても餓鬼のままだ。微塵も成長しちゃいねぇ」

「はぁ……」

何とも不憫な……。拗れる訳だ。

そもそも、傍から見ればヴァイスに彼女とやり合うつもりなど一切感じられない。

元々が自分の弟子を守るために事件を起こしたほどだ。これ以上騒ぎが大きくなっては困るし、なにより仮にも英雄と称えられた相手と勇者が衝突する姿を見せるのは得策ではないだろう（教会上層部はそれを望むだろうが）。

「誰の得にもなりませんし、お納めください」

私はそっと剣を握る手に触れると、それを軽く押さえる。

細い指越しに伝わって来る戸惑いと、躊躇。

冷静になりきらない頭でどうすべきか悩んだ末にシオンは剣を鞘へと戻した。

「……どういうことなのか、釈明はして貰いますよ。師匠」

「んぅ……？　そう言うのは嬢ちゃんにパスだ」

「私に押し付けないでください」

あれもこれも七大枢機卿が悪いのだ。トップに立つものが無能だと現場が苦労する。

「後の事は私が片づけておきますのでヴァイス様は早々に街を出てください。くれぐれも、〝教会とやり合った〟などとは口に出さぬように」

半壊した宿の階段から顔を覗かせている主人には〝いろいろと〟口止めする必要があるだろうが――……、……ほんっとめんどくさいなぁ……。と、これからの仕事に頭を抱えていたのだが、

「探す手間が省けたと、神に感謝をすべきかも知れぬが――、それも可笑しな話か」

まるで心臓を握りしめられるような感覚だった。

「──神々は、我らを見捨てたのだからな」

その声は、人々の騒めきと、吹き抜ける風にも掻き消されてしまいそうなほどに小さな独り言にも満たない溜息みたいなもので、──しかし体の芯を深く、震わせた。

「あれは──、」

その姿を、私は英雄達に一歩遅れて遠く離れた鐘楼の上に見つける。

ボロボロの外套に身を包んだ、白い毛をした狼人。それは何とかっていう、魔族で──、

「……名前なんでしたっけ」などと管轄外であるが故に醜態を晒した直後、空気は震えた。

「────、」

ピアスが私にだけ聞こえる警告音を発し、続いて切羽詰まった担当官の声が響く。

街中、十数か所で爆発が起き、火災が報告されているという。

被害は甚大。炎の中から魔族の襲撃も確認されているとかなんとか。

暗く伸し掛かって来ていた空はますます色を濃くし、空気は濁り始めていた。

「なるほど。アレが天牙将軍か。わざわざ根城に出向いてやったってのに留守にしやがって。探す手間が省けたってんなら、神サマは俺達の味方だそうだ」

ヴァイスが挑発するが私は改めて圧倒的な存在感に飲まれかけていた。

人の身ではあり得ない程に発達した肉体は毛の下に覆われていても尚、ハッキリと感じ取ることが出来る。

生まれながらにして与えられた性能の違い。

命を奪う事に特化した、魔族という種族の特異性――。

「殺す前に尋ねておく。……我が同胞を手にかけたのはお主らで間違いないな？」

怒りに燃える瞳は、それだけでソイツが何を目的にやって来たのかを告げていた。

「――その沈黙は肯定と捉えた」

刹那、姿が消え、炸裂音が私のすぐ隣で響き渡る。

蹴り飛ばされ、壁を突き破って隣の部屋まで吹き飛ばされたのはヴァイスだ。

反射的にシオンが剣を振り抜くが次の瞬間にはそれはもう残像となっていた。

「成る程、それ故、か」

悠々と反対側の屋根の上に着地し、私達を見下す影。

――速、過ぎる。

恐らくそれはただ単純な肉体の性能によるものだ。固有技能か魔術による身体強化を行っていたとしても、目で追えていたかは怪しい。

それは二人の英雄も同じで剣を振り抜いてしまったシオンは、師匠に向けていたものとは色の違う緊張感を白い獣へと向ける。

アレが今は無き魔王軍の幹部を担っていたという〝将軍〟――。

そうこうしている内にピアスが通信を伝え、震える指先でそれに触れると枢機卿の緊迫しつつも落ち着いた声が耳に届く。

襲撃の内容と、これから想定されるであろう被害規模の推測。

「っ……、」

既に聖騎士を始め修道士や傭兵を現場に向かわせたらしいが、そうこうしている内にも衝突音は絶え間なく響き渡っていた。

そうして悲鳴と共に空からそれらは降って来る。人の、身体であったパーツが。

いまこうしてアレと向かい合っている間にも被害は広がり、死者は増え続けている。

私に街を守る使命は無いけれど、それを見過ごせる程人でなしでもなかった。

「アレを……、止めれますか……」

震える声で二人に尋ね、返答の代わりに英雄は鞘から剣を引き抜いた。

「足を引っ張られても面倒だ。テメェはここで待ってろ。俺一人で十分だ」

「馬鹿言わないでよ。二人での方が楽なのは師匠も知ってるだろ？」

弟子を邪魔者扱いするヴァイスとそれに反発するシオン。

普段からこの様子なのであれば言うこともないのだが――、……先ほどまでヴァイスから感じられた余裕は微塵もない。

シオンは気付いていないだろうが、彼は本気で〝シオンを置いて行こう〟としていた。

それ程までに、危険な相手――……。

「……神様――、」

縋るように祈りを捧げ、二人に能力向上を掛けると同時に狼の牙は笑みを見せ、それを合図に彼らは矢となった。

白い悪魔に向けて振り下ろされる二対の曲線は屋根を破壊し、影はそれを悠々と躱す。

私も屋根へと上がり、激しく跳び回る彼らを目で追うが、「ッ……」舌打ちせざるを得なかった。〝踊らされているのは英雄達の方だった〟から。

一撃一撃が必死と言えるほどの速度で斬り放たれる斬撃を、残像を捉える事すら間に合わない其れらを、予定調和の舞のようにいなしながら狼人はその腕を振るう。

決して受けるような事はせず、彼らは身をひるがえし、その肉が削れる代わりに街が悲鳴を上げ、景観の中に戦いの痕が刻まれていく。

だが、それもいつまで続くか分からなかった。

「邪魔だ!!　シオン!!」

「そっちが無駄に出過ぎなんだよ!!」

白狼の化物を相手取りながらも二人は未だに喧嘩していたから。

「何をしているんですかヴァイスさん!!」

コミュニケーション不足にも程がある。

普段からこの調子なのかもしれないが、生憎、今回の相手にその〝普段通り〟が通用するとは思えない。

現に危うく後ろを取られそうになったヴァイスのカバーにシオンが入る。攻め手に欠けるというよりも、足を引っ張り合って守りに転じさせられていると言った方が正しい。

「ほれッ!!　嬢ちゃん守る為にも下がってろ！」

「いま危ないのはアンタでしょうがッ！」

頭上を蹴り抜かれ、身を伏せたシオンは剣先を跳ねさせるがそれも易々と躱され、大振りに振り下ろしたヴァイスの長剣は危うくシオンを切り裂きそうになる。

「ッ――、」

そこでようやく互いに苦い顔をしながら二人は目の前の怪物に振り回されていることを自覚した。

「良いか、やるならちゃんと合わせろ。出来ねぇなら下がれ」

「どっちがッ……」

いがみ合いつつもようやくテンポが噛み合い始めるが――、「……時間の問題かな、これじゃ……」私はそんな二人を見て思考を巡らせる。

英雄たちの力は絶大だ。確かに私達とは比べ物にならない程の才能と能力を有している。実際、奴らの野営地に単身で乗り込み、壊滅させるほどの戦力ではある。しかし、それもヒト種の中から生まれ落ちた奇跡――。所詮、同じような才能を持って生まれた魔族の英雄と比べた場合、〝足りない〟のだ。圧倒的に。

二人の動きが相手に読まれている訳ではなく、相手は二人の動きを見てから反応出来ている。単純に相手の方が早く、一撃一撃が、重たい。

「……聞こえていますか、枢機卿」

「――――……ン、なんだい？　問題発生かな？」

本来、こちらから通信を繋ぐという事は余程の重要な局面以外ありえないのだから察して欲しいものだが、「もし、英雄二人が魔族に殺されたらどうなりますか」私は取り合うことなく要件を告げた。

「教会所属の修道女がサポートに回っていながらも、そのような結果になってしまったというのなら責任問題になるだろうね」

良くて自害か、悪くて処刑（しょけい）。……どちらにせよ、最悪だ。

「マジ、後で一発殴（なぐ）りますから」「君が無事戻（もど）って来てくれたのなら、甘んじて受けるさ。無論、優秀（ゆうしゅう）な部下を見殺しにするつもりはない」

忘れないでくださいよ、その台詞——。

そう言って通信を切り、大きく息を吸って、吐（は）く。

覚悟（かくご）を決めろ。保身の為に。幸いにもあの眼鏡が見殺しにするつもりはないと言ったのであれば、応援（おうえん）も期待できる。

「やるか」

ただ眺（なが）めているだけでは未来は変えられない。訪（おとず）れるであろうその瞬間を決定的な物にしない為にも私も屋根の上を駆（か）ける。

私が加勢したところで焼け石に水。ほんの一瞬、隙を生む程度にしかならないだろうが、それでも、〝捨て身の一撃〟なら〝決定的な隙〟を生み出す事ぐらい出来るかもしれない。

「【能力向上（Spec-Boost）】、【身体強化（Physical-Boost）】——、【帯電体質（Lightning-Reflection）】ッ……!!」

彼らの速度に対応すべく祈祷術（きとうじゅつ）と固有技能（スキル）を組み合わせて限界まで反応速度を上げ、その乱戦の中に跳び込む。

「――【限界突破(Over-Spec)】ッ……!!」

最後に練っていた魔力を回し、魔術による強化(バフ)を行うとギュッと世界は狭くなる。

相手の拳(こぶし)を避(さ)け、蹴りを打ち出す度に耳の中で何かが千切れる感触が響いた。

爪(つめ)をいなし、カウンター気味に平手を打ち込み、代償(だいしょう)として踏み出した右足の膝(ひざ)と足首に激痛が走り、伸びた腕の血管(けっかん)と筋肉繊維(せんい)が千切れる。

「ぢッ……!!!!」

馬鹿馬鹿しい――。

正面切っての戦闘など、……ましてや、魔族となんて、私の管轄(しごと)じゃないッ……!!!

「止めろ嬢ちゃんッ!!　死ぬぞ!?」「っるさい!!」

躱しきれないタイミングで振り下ろされた爪を弾(はじ)き飛ばしながら英雄(ヴァイス)が叫(さけ)び、私は更(さら)に踏み込む。

二人の英雄と、一匹(ぴき)の魔族――。

一瞬でも良い、一瞬でも機会(タイミング)を生みだせたのなら――。「ッ……」次第(しだい)に赤く染まり始めた視界の中、上手く死角へと擦(す)り抜けたシオンに道を作るように白狼の右脇に経典を叩きつける。

手の内に広がるのは巨大な岩か大地そのものを殴ってしまったような感触だ。

打ち付けたこちらの手の内が痺れ、静かに睨み下ろす狼の瞳に呼吸を忘れた。

——その瞳が、背後へと移る。

白き獣は私も、英雄も気に留める事なく身体を捩じり、シオンを蹴り上げた。

「だッ……!?」

互いに、躱せるタイミングではなかった。

白狼は地力で死地を打ち破り、シオンは咄嗟にその爪先を受け流し、宙を舞っていた。

バランスを崩される小さな影目掛けて更なる追撃が撃ち込まれようとし——、その隙を突くようにヴァイスが大剣を振り降ろす。

「ぬるいな」「はッ……!!」

難なく躱されて、蹴り降ろされた爪先で英雄は屋根へと叩きつけられる。

「アホですかッ……!?」しかし、考えていては殺される——。

自分から死を踏み抜くような行為に奥歯を噛み締め、歪な笑みで覆い隠しながら引き千切ったページを投げ付けると術式の導線に火をつけていた。

「【祈祷術・神の雷槌】!!」

一直線に狼の下顎から跳ね上がった雷撃は一瞬の静寂を生んだ。

私の身体が纏っていた電流は神の言葉の上で炸裂し、奴の脳天を貫く電撃の鉄槌となる。

それはどれ程強靭な肉体を持っていようが、体内を直接刺し殺す一撃は致命傷と成り得る〝はずだった〟。

――なのに、「悪く思うな、人の子よ」白く弾けた視界の中、巨大な腕が私を捉えた。

分かり切っていた事だ。私は魔族を殺す勇者なんかには為れないし、人を殺すのだって不意を突かなきゃ絶対の自信なんてない。

正面切っての戦闘と為れば自分の命を削る他手段を持たないし、良くて相打ち、下手すりゃ打ち負ける。

だから、「……貴方を殺すのは、私ではありませんよ」太い獣の指が喉を握りつぶすよりも早く跳ね上がって来た刃はその腕を大きく切り上げた。

「………………!!!!」

大きく描かれる血の曲線。底から睨みつける、もう一つの獣の瞳――。

それは切り落とすまでには至らない。それでも確実に骨まで届く一撃に初めて憤りらしい色を狼は浮かべ、牙を見せる。「――まだ、ぬるいか？」

全身から血を流しながらも不敵に笑って見せた英雄を蹴り飛ばし、吠えるが――、「何か、お忘れですよ――？」降って湧いたのはシオンの剣だ。

振り上げられた左腕を切り裂き、勢いをそのままに脇腹へ深く一撃。

骨と骨の間、内臓に届くであろう角度で刃先を差し込み、捩じる勇者に狼の怪物は唸りながらも膝をつきはしなかった。

牙を剥き出しにし、大きく身体を回転させてシオンを私に向けて弾き飛ばすとそのまま追撃――。

後ろに私がいるせいで動けなかったシオンはもろにその一撃を喰らい、私諸共吹き飛ばされてしまった。ただ、見えていたからこそ鐘楼の一つへと衝突はしたが祈祷術と魔術の併用で衝撃を和らげ、負傷は最小限で済んだ。

魔族の脅威を一度身を以って経験していたからこそ、今度は何とか動くことが出来ている――。……それでも、だからこそ、力量の差を、思い知ってしまう――。

「強い、ですね……」

流石は魔王軍の幹部を担っていたというだけはある。

あの森で出会った巨大な狼人とは比べ物にならない。バケモノだと思っていた怪物がただの子犬だっただなんて、知りたくもなかった。

「……あー……、キッツイな、これ……」

流石のシオンも愚痴を溢していた。

一旦間合いは大きく取られていて、血に染まる腕を押さえて睨む狼人とそれを挟んでよろめく英雄。

ここからでは傷の具合を正確に把握する事は出来なかったが、ヴァイスの額は大きく裂け、伝い落ちてくる血を避けるように右目を瞑る。直撃を喰らった時に右肩が折れたのか、片手で剣を構えようとしている。――なのに、私たちが肩で息を整えている内に白狼の傷口は再生し始めていて、「……骨折り損とはこの事ですね……」「確かに」

二人して落胆し、シオンは口の中に溜まった血を吐き捨てた。

一方、白き狼人はそんな私たちの姿を見て追撃を加える訳でもなく、ただ怒りにその身を震わせていた。

「弱いッ……、弱すぎる……。この程度の者達に我が同胞はっ……家族はッ――」

そうして私達の事を気にかける事もなく吠え、掛かって来ないのならと赤い瞳が捉えたのは下の通りで様子を窺っていた民衆だ。

シオンが察し、叫び、斬り掛かるよりも早く地上へと怪物は襲い掛かり、その身を人々の血で紅く染める。

恐怖に怯え、動けなくなった人々を喰らい、切り裂き、臓物を撒き散らしながらバケモノは、「止めろォおおおおおおお!!!!」怒号と共に切りかかったシオンにその場でへたり込んでいた少女を投げ捨て、その幼い身体を咄嗟に受け止めようとした彼女を少女諸共切り裂いた。

「――………!?!?」「こんッの……!! 馬鹿野郎がッ……!!!!」

ギリギリのタイミングでヴァイスがシオンの襟首を掴み、致命傷を負う事だけは避けられたようだったが、屋根の上に跳び退いて来た二人は浅くはない傷を負っていた。

「後悔などするでないぞ。それだけの事を主らはした。罪は、己の命で償わねばならぬ」

静かに、死が私たちを見つめていた。

いま、この瞬間にでも私たちの首を刎ねる事など容易であろうに。

狼人は紅く染まった瞳で私達を睨みつけ、これから行うのは処刑ではなく、断罪なのだと告げるかのように足元の名も知らぬ市民の身体を踏みつぶす。

恐怖はない。

あるのはただ、漠然とした絶望だった。

この国の最大戦力二人を動員しても尚、届かないという現実――。

「一体どうやって……」

魔王を、シオンは倒したのか。

いや、違う。倒してなどいないのか……?

私達人間と、魔族ではその間に天と地ほどの身体能力の違いがある。それはシオンも同じだ。だから、彼女の特性、その隠密性を考えるに、恐らく魔王を討ったその手段は〝暗殺だったのではないだろうか?〟。

正面切っての戦闘など、こうなった時点で、私たちは負けていたのだ。

たとえ、魔王殺しの勇者がそこにいるからと言って、人間の身ではその〝魔王の部下〟すら、殺しきれない。魔族の力の前では、人は——……、「…………はッ……、なんて顔してやがる」しかし、英雄は少しも臆することなく笑う。

目の前の少女を為す術もなく弄ばれたショックに動けずにいた教え子の頭を優しく叩き、英雄は独り、狼人に相対する。

「お互い様だろ。テメェだって餓鬼、殺してんじゃねーか」

「お前たちが始めた事だ!!!!」

激昂する狼人とそれを嗤い声を上げながら捌き続ける英雄——。

お互いをお互いの血で赤く染めながらぶつかる姿はどちらがバケモノかもはや区別がつかない。

互いに吠えながらお互いの血肉を削り合うバケモノたちは何処かが似ていた。

人外の力を振るいつつも、その癖、力があっても守り切れない事を知っている。

だからこそ彼らは叫び、命を奪う。奪われない為に、奪い、潰す。その可能性を信じて。

違いがあるとすれば恐らく――、……「……あれ……？」

だが、ギリギリの所で均衡を保っていたバランスが次第に一方へ傾き始めていた。それも〝予期せぬ方へ〟と。

私たちがいたから思い通りに動けなかったという訳ではない、……とは思う。

確実にその身は紅く染まり、傷は増えていく一方だ。

しかし、次第にヴァイスの剣先は狼人の肌へと届き始めている。

その理屈に合わない現象に狼人の紅い瞳は歪み、対照的に英雄は笑みを浮かべていた。

「――わりぃな、自分が異端なのは自覚してンだ」

そうして紅い瞳はカラクリに気付いたらしい。

燃えるような怒りを更に滾らせて狼は叫んだ。

「そうか――……、そうかそうかッ……!! お前たちはそうして――、悪魔がッ……！」

「流石は天の牙――、立派な事をおっしゃるッ！」

悠々と笑みで答える英雄ではあったが攻勢に転じているとはいえ、疲労の色は濃い。距離を取った膝は曲がり、笑みを浮かべてはいるが次第に挙動の〝ズレ〟が目立つ。

「餓鬼を殺されたことがそんなに悔しいか犬っころ」

「ッ――……!!!!」

全身の毛が逆立つほどの怒りを放ちつつ、その身を紅く染めた狼人は挑発に乗って跳びかかり、英雄は挑発的な笑みを浮かべてそれを迎え撃つ。

――だが、誘いに乗ったからと言って安易に前に出たわけではなかった。

突き出された剣先を冷静に躱し、確実に致命傷に至るであろう角度で爪を振るう。

一瞬でも目を背ければ致命傷へと届きうる攻防。その最中でさえ赤く染まった英雄は嗤い続けていた。

「悪いが殺し合いだッ! 戦場に生きる者同士、恨み恨まれは日常茶飯事だろう⁉ 俺はお前の怒りを受け止める気はねぇし、関係ねぇ奴らがどれだけ殺されようが俺達にゃア関係ねぇ……‼ 死んだ方が弱かった。それだけの話だろうッ?」

「黙れ黙れ黙れ黙れ!!!!」

この世の不条理すら糧にして、英雄は剣を振るう。

そうやって自分の世界を冒すものを排除してきたように。

「ならば、己にそれを言い聞かせて逝けッ」

――だからこそ、白き獣は吠えた。

同じ苦痛を、彼の英雄に与える為に。

跳ねあがるような蹴りが放たれたかと思えば、器用にも爪先で瓦礫を掴んでいたのだ。

音を置き去りにするかのような凶弾――。

それが自分達に向かってきている事が分かりつつも、私も、シオンも、身体が動かなかった。ただ目を見開く私たちの前に、「ってぇなぁ、おい――………、」「師匠……、なんで……」あと一歩であの怪物に刃が届くというところまで来ていたヴァイスは何の躊躇もなく割って入り、私達の盾となった。

「だから……、足手まといになるから来ンなって、言ってんだ……」「師匠!!」

シオンが叫ぶ。後ろに迫る、影を告げるために。

「守って死ねるだけ、栄誉だと思え」

その背を、足の止まった英雄の身体を、狼人の鋭い爪が切り裂き、更に横なぎの蹴りが吹き飛ばす。

英雄は鐘楼の一つにぶつかるとそのまま建物を倒壊させて瓦礫の中へと消えていった。

静かに彼の得物が屋根の上に転がり落ち、下へと消えていく。

「――………、師匠ぉおおおお!!!!!」

悲痛な、シオンの悲鳴が響いた。

「他者を想う心が無い訳ではあるまいに……」

一人、片づけたというのに紅い目に歓喜の色はなく、私たちを見下ろす瞳には落胆の色すら滲ませていた。

「さて、決着だ」「あッ……、」

乱暴に腕を掴まれ、持ち上げられるが抵抗むなしく宙づりにされてしまう。

「アリシアッ……」

シオンが助けようとしてはくれたが「――見ていろ」軽く放たれた蹴りで転がされ、「ああ、そう言えば貴様はあの夜の――」と何気なく投げ込まれた炎でその身を焼かれる。

「ぐっ……、あぁああああ?!」

その場で転がり火を消そうとするが消えないそれはもはや炎なのかすら怪しい。

逃れようと足掻くシオンを抑え込み、それに呼応して彼女の身体を蝕んでいた黒い模様が身を擡げ、暴れ回っていた。

「貴様らに焼かれた者共の苦しみを知ってから死んで行け」

それでも、全身を何体もの蛇に締め上げられながらも、シオンは狼人の足に手を伸ばし、睨む。

「アリシアを……、離せッ……」

「威勢がいいのは嫌いではないがな」

賞賛と共に投げ入れられた追加の炎でシオンは更に悲鳴を上げ、その身を締め上げる蛇の力は更に増していく。

「……随分とまぁ……、将軍の名が泣きますよ……？」

私は私で歯を食いしばって痛みに耐えつつ、少しでも勝機を探していた。

「お前たちが何をしたのか、分かっていないようだな」

「はて……？　私はあの場に居合わせただけで何もしてませんし、とばっちりも良いトコですよ……。そもそも将軍様とやり合うのなんて私の管轄ではありませんし、寧ろあなたの大嫌いな人間を殺して回るのが私の仕事ですので、……利害、一致しませんか……？」

割と本気で、お互い人殺しを生業にする者同士、仲良く出来ると思うのですけど。

「一緒にするな」

痛みは、音の後にやってきた。「ッ――……！」

予期していたからこそ悲鳴を上げずに済んだが、だからといって折られた手首から走る激痛は堪えられるモノではなかった。

「性悪ッ……」

「貴様らに言われたくはない」

剥き出しの怒りは静かな怒りで受け流される。

獣の目をしていながらも、その瞳の奥に映るのはヒトのそれとそう変わらない喪失から来る激情だった。

「どうして貴様らは己の欲が為に他者の命を奪う？　これだけ恵まれた環境に身を置きながら、それ程まで何を欲す――」

「知らないんですか……？　ヒトの欲に、際限なんてないんですよっ……？」

ただ生きる為に。他者を蔑み、殺せるのが人間だ。

「……そうか、ならば仕方あるまい……」

もだえ苦しむシオンを屋根の上から蹴り落とし、白き狼人は牙を剥く。

「自ら死を選んだのであれば甘んじて受け入れるが良かろう」

「なにを、言っているのかは分かりませんが元はと言えばあなた方が――……」

「……本当に、そう思っておるのか？」

そうして、私はその激情の意味する所を、見誤っていたのだと思い至った。

この獣の意図するところは復讐、それだけだと思っていた。

だけど此奴は、この白き獣は――、「魔王様は、お前達人間との共存を図っておいでだったというのに」潰えた未来への後悔を滲ませていた。

「悪い御冗談をッ……、魔王が人間と？　馬鹿馬鹿しい。どれ程多くの人間が貴方達によって殺されていると思ってるんですか……」

言っていて、自分が間違っている事には既に気付いていた。

「この惨状を前に殺された者の数で語るか」

——違ったのだ。前提が。

「貴様らなど、我らが本気になれば一年と待たずに絶滅させられると言うのに」

私は、英雄や勇者の働きによって魔王軍が食い止められ、騎士団が身を挺して人々を守っているのだと教えられた。

否、それが常識だ。この地に生きる人々のその全てがそう思っている。

人は、種としては魔族には遠く及ばぬ存在ではあるが、一握りの英雄と、団結した人々の力さえあればその脅威を退けられるモノなのだと。

「まさか、神々の加護が貴様らを守ってくれていたとでも思っている訳ではあるまい。そのような〝空想上の存在が〟、我々に何かをしてくれる訳もなかろうて」

いつの間にか、痛みを忘れていた。

分かり切っていると思い込んでいた世界の在り様が、否定される。

「お前らなど、我々がその気になればこの地から根絶やしにする事など実に容易い――」

「ッ…………」

事実、たった一体の魔族によって、勇者は倒れ、英雄は潰された。

何の策略もなく、何の戦略を用いる事もなく、ただ一つの暴力によって。

「愚かだな、人間という生き物は」

「ッ…………!!!!」

否定できない、否定できないケド――、

「だとしてもッ……、貴方に黙って殺されるつもりはありませんよッ!!!!」

やられっぱなしは癪だし、このままだともっと酷いことになりそうだったので痛みを堪え、体を捻って左手で経典をホルダーから抜き放った。

だが、十分な勢いを与えることの出来なかったそれは首筋にぶつかりつつも明確なダメージとはならない。

「死を畏れながらも、どうして命を奪う」

「生きる為ですよ。悪いですかッ……!?」

「……そうか」

そこに落胆の色はない。

ただ、分かっていたことを再度確認し、ただ納得した。それだけのように見える。

「ならばやはり自業自得と言うものだな」

そう言って伸ばされた爪先が喉へと触れる。

「既に奪われた末の復讐などに、意味などはないのだろう。しかし、残された私には終わらせる義務がある」

冷たい感覚に意図せず笑みは引き攣った。

「命乞いしたら、助けて頂けたりは……？」

「貴様らは我が子らの嘆きに応えたか？」

「あー、ですよね……？」

分かっちゃいたが命を奪われる側に立てば出来ることは殆どない。為されるがままに搾取されるのみ。これ、自然の摂理。ヒトも魔族も自然の一部。あー、やだやだ。

「せめてもの慈悲だ。己の神に祈りながら逝け」

――助けてくれる神様なんて、最初から当てにしてませんよッ……!!

往生際も悪く、どうにか手がないか視線を巡らせていた先にソイツは立っていた。

「は……、」流石の私も、思考が止まる。

そしてその気配に気づいた白狼も。振り返り、言葉を失った。


「ああっ……、素晴らしき神々のお導きに感謝をっ――」


全身を赤黒く染め、見えている皮膚もボロボロで、肉や、骨が見えそうになっている部分すらある。まさにそれは不死者かと見間違う相貌で、私を持ち上げる化け物を見つめて喜びに顔を歪める。

自分に向けられたものではないのに拘らず、血の気が引いたのはそれまで感じた事のない程の狂気を目の当たりにしたからだ。

気が付いた時にはソイツは狼人の後ろまで移動してきていて「アナタは、何度殴れば死にますかぁ？」嬉しそうに〝打ち込んだ拳を引き抜く〟。

当然、その爪は剥がれていて。

だけど、その指先に血肉を握っている。

「あひっ――、」「しれものがァっ!!」「あーっ」と、まぁ、狼人は私を放り投げ、突如参戦した〝異物(カーム)〟に襲(おそ)い掛かる。受け身を取ることも出来ず、雑に転がってごろごろごろ。もう全身痛いし、腕折れてるし。

「あーあ……、もう、最悪……」

逃(に)げ出したい気持ちで満たされているのだけど、逃げた所で問題が解決するわけでも無く、呆(あき)れながらも私は同僚(どうりょう)の奮戦を見上げる。

鋭い突きに肩を抉(えぐ)られながらも距離を取ってケラケラ笑うカームの反対側の腕にはいくつもの〝紅く染まった球根〟が握られていて、激しい戦いに巻き込まれるようにして千切れ、転がって行く。

「貴様ッ……」

「ああああッ……!!!!　素晴らしい!!!!　素晴らしいッ……これぞ神がボクにお与えになった好機……!!!!」

激昂する獣と嗤う神父。

完全にトチ狂(くる)っているとしか思えない言動で突っ込む姿には溜息(ためいき)すら出てこなかった。

用事があるって言ってたのはこれだったのだ。彼奴(あいつ)が動き出した時点で街に魔族が入り込んでいた事に気付くべきだったのかもしれない。〝神の下僕(げぼく)である彼〟はただ一人、奴らを潰して回っていたのだろう。誰(だれ)よりも早く、誰よりも確実に。

「……報告、してくれたらよかったのに……」

とはいえ、直属の上司である拷問枢機卿は死んでいるので実質野に放たれた狂人だ。

首輪に繋がれていなければいつだって好き勝手にしか動かない。

「ごめん、アリシア……助けられなくて」

「平気です。ヴァイスさんの事は気にはなりますが、とにかく、ここを切り抜けてからにしましょう……」

注意が逸れ、炎の呪縛から解放されたシオンがふらふらと近づいて来て気遣ってくれるが彼女の方が重傷のように見える。

身体を蝕んでいた〝呪い〟は更に大きくなり、もはやほぼ全身に広がりつつある。気休め程度にしかならないだろうが祈りによる治療を試みる。幸いにも彼女の身体を包み込んだ光は目に見える傷を癒していった。

時間を掛ければ完治——……、……までとはいかないが多少はマシに動けるようになるはずだ。

だが問題は——、「…………」師匠を失った事での精神的ダメージの方だ。自分がここに来なければヴァイスが庇ってやられることもなかったとでも思っているのだろう。

「遅かれ早かれ同じ結果だったかと。……奴は貴方の事も狙っておりましたし、身の危険が迫れば彼は貴方の元へ駆けつけていたでしょう」

　不得手ではあるが身心共に治療を試みる。

　それがいま、私に許された唯一の役割だ。

「優しいね、アリシアは」

　――違う。私は死にたくないですよ、なんて、口には出せない。

　純粋なシオンの瞳から逃れるように視線を狼人へと戻し、活路を探した。

　どれほど身を引き裂かれようと一切退こうとはしない異常者に流石の将軍様も困惑しておられるようですし、この隙にどうにか――……、「…………固有技能の内容を、お伺いしても……？」「っ…………、」流石のシオンも、戸惑いの色を見せる。

　手の内を晒すような真似は仲間内であっても避けるべきだと言われているからだ。

　特に固有技能に関しては、魔術や祈祷術と違って〝使用者が操る唯一無二の術〟である以上に改良による小回りが利かない。それ故、弱点にもなり得る。余程の信頼関係を築いていたとしても明かす事はないだろう。

　――だが、彼奴相手にそんなことを気にしていられる余裕などなかった。

「私の目には、お二人の動きはあの晩に見せたものよりも随分と劣っていたように見えました。何故ですか……？」「…………………」

状況が状況だったので私の思い違いである可能性は高いが、終盤、英雄が見せた動きですらあの晩の狂宴と比べれば威力も速度も随分と落ちる。

「シオン、……信用しろと言えない立場であることは分かっておりますが、どうか……」

長期戦になれば私たちが圧倒的に不利。カームが何体かは潰して来てくれたらしいが相変わらず街のあちこちから衝撃は伝わって来ていて、いまこうして此奴一体に掛かりっきりになっている間にも着実に被害は広がっている。その責任まで押し付けられては生き延びたとしても散々だ。

なんとしても奴を殺し、この街を守って貰わなくては困るのだ。

勇者に。

シオンに。

――強請る、自分の事を助けてくれる、都合の良い存在に。

「困ったな……？」

その時見せた彼女の笑みは私には理解できなかった。

仕方がないと諦めたのか、……それとも私に折れてくれたのか、シスターとしては未熟な私には計り兼ねるのだが、シオンは目を将軍に直しながら告げる。

「このことは教会には内緒にして貰えると嬉しいんだけど……」

　自分と、師匠の使っている技は君たちの教えに背いているからと彼女は補足し、私は頷(うなず)く。元より、私だって教会の教えからは少し外れた所で術式を生み出している。他人の事を言えた義理でもない。

「血溜まりの蛮勇(スカーレット・ブレイブ)って僕(ぼく)は呼んでる。相手の血肉を浴びれば浴びるだけこっちの能力が底上げされて、今の所、限界はない、と思う……」

　仕組みとしては吸血鬼(きゅうけつき)の血を吸う行為(エナジードレイン)と似ているのだという。

　魔族はその身に膨大(ぼうだい)な魔力(まりょく)を有しているので、その魔力を練り上げ、身体能力へと変換(へんかん)していく。――それをヒトの身でありながら行えると、そう言っているのだ。

「確かに魔族の中でも上位種とされる吸血鬼(ヴァンパイア)と同じ力を使っているとなれば教会は良い顔をしないでしょうね」「……だろう？」

　それこそ〝異端認定(いたんにんてい)のネタを見つけた〟と喜んで私たちを派遣(はけん)する事になるだろうが、「しかしそのような事が――……」可能なのか……？

　理屈的に、ではなく反動的にだ。

　幾(いく)ら運動性能が上がったとしても、それを行う身体が持つはずがない。

　方法は違うが私の〝多重詠唱(えいしょう)〟と仕組み自体は似ている。その反動は推(お)して知るべしで、自分自身の固有技能(スキル)によって身体が破壊(はかい)されるのが関の山に思えた。

「鍛え方が違う、と言ってしまえばそれまでですが……」

ヴァイスに言われた言葉を思い出し、どの道それしか手が無いのならそれに縋るしかないのだろう。腹をくくる。

カームが時間を稼いではくれているが、私と違って強化か、治療か、どちらか一方しか行えないカームでは限界が近づいて来ている。応急処置を終えれば「見殺しには出来ない」とか言ってシオンは跳び出すだろう。策が、無くとも。

どの道捨て身になるのであれば、少しでも勝算の高い方へ跳び込むべきだ。

死にたくないのは、本心ですしね――。

経典を開き、術式を展開しながら説明する。

「私が普段使っている身体強化の祈祷術と魔術に加え、自滅必至のも重ね掛けします」

ただ、それで届くとは思えない。

だからこそ、生きる為に一か八かの破滅に通じる道を選ぶ。

出来れば危険は冒したくはないし、私もそこまでする筋合いはないのだが、此処で待っていたとしても、死は向こうからやって来るのなら仕方がない。

元はと言えば勇者を殺す任務だったのにその背中を支える事になるとは、……これを神のお導きだというのなら本当に性格が悪い。死んでしまえッ……！

「……正直、あまり長くは持たせられませんし、貴方と言えど身体が持つとは思えません。――ので一撃で決めてください」

「責任重大だね」

「彼も、シオンなら倒せると踏んだからこそ身を挺して守ったのです。私も、貴方を信じますよ」

嘘デスケド。

そんな薄っぺらい信頼さえも信じて頷き返してしまう勇者に私は微笑みつつ、詠唱を始める。

これは神々への祈りから得られる力ではない。

神の定めた〝ヒトの域〟を脱する為に編み出された技であり、背徳行為だ。

そんな状況で祈るのもおかしな話だとは思うけれど――、……どうにもならない現実を覆そうとするときはいつだって神様頼み(運だの)なのも事実だった。

ロクな目に遭わないのは、この任務に就いた時から知っている――。

なら、私に出来ることはその不確定要素を限りなくゼロに近づける事だけ。

「　神のお導きが、あらんことを　」

告げると同時にボロ雑巾のようになったカームが吹き飛ばされて来て、転がった。

「……生きていますよね？」

「神の……神々の声が、聞こえるぅッ……」

そのまま血を吐いて気絶（恐らく死んだ）。まぁ、平気だろう。私は無視して肩で息をする狼人を見据える。どうやらいい具合に相手の思考力を奪って来てくれたらしい。

「――【能力向上】、【限界突破】」

紅き瞳が私たちを捉えるよりも早く、私はシオンに向けて術式を発動させていた。

それと同時にシオンは空間を破裂させつつ、一直線に狼人の後ろ側へと行き過ぎる。

「ぎッ――……!!!?」ブレーキ代わりに踏み込んだ右足を軸に剣を抜き、下から跳ね上げるようにして線は描かれた。

紅く広がる曲線は、狼人の血肉だ。

「ぉぉおおおおおおおおおおお」

呼応するように狼人も吠え、毛を逆立てながらシオンの動きへ追従していく。

爪先を薙ぎ払えば屋根が吹き飛び、大きく足を蹴りだせば軸足の下に亀裂が走った。

返り血で紅く染まった白い狼人の叫びと金属音が掻き鳴らされ、獣の叫びをねじ伏せようとシオンもまた叫んでいた。

彼女を守っていた加護は英雄が倒れた事で消えている。

そうでなくともあの白狼から放たれる攻撃は全てが致命傷となり得るだろう。

一撃一撃が、必死――。

一発でも喰らえば、御終い――。

それでも、シオンは決死の想いで剣を振るい、一撃でも多く、相手の身体を刻もうとする。しかし、――恐らくは彼女の肉体の限界値を越えた力を引き出しているというのに、それでも――、「届かないかッ……」将軍の爪が、シオンの頬を掠り、纏めていた髪が解かれる。私は掲げた右手を支え、術式が途切れないように魔力を捻りだしつつも標的との力量の差に絶望した。

圧倒的な、生物としての力量の差――、生まれ持った、〝優劣〟。

それはそう易々と覆る事はなく、少し爪先が掠っただけでシオンの装備が大きく砕け散った。「お主――、まさか女か――、」「ッ――、」

未だ余裕すら感じられるその物言いに、シオンは一段と速度を上げて応える。

シオンは決して弱くない。私の知り得る限り、あんな速度で戦闘を行える人間を見たことがない。……それでも、相手が、異常過ぎるのだ。

白狼は出血を繰（く）り返す度、肉を切り落とされる度に速くなっている。

それが固有技能（スキル）によるものなのか魔族の特性なのかは分からない。ただ分かるのは〝その差が縮まるどころか離（はな）されている〟という事実――。

仲間を殺された無念を。決して奪い返せないであろう命を糧に、奴（やつ）は私達（たち）を殺そうとしている。その気持ちを私は理解できない。理解しようとも思わない。

私にとってその大義名分は存在（い）もしない神様と同じだから。

だから、「ッ……、」考えない。

考えるだけ、無駄（むだ）なのだ。

たとえそのバケモノが何を背負い、何を想って戦っているのだとしても、私の管轄（かんかつ）ではないのだから――。

「――聞こえるかい、アリシア」

唐突（とうとつ）に割（わ）り込んできた声は耳のピアスからだった。

「これから長距離射出（ロングレンジ）で多重詠唱による祈祷術（きとうじゅつ）を放とうと思うのだけどね、現状（げんじょう）、勇者と将軍様はどんな感じだい？」

「均衡が崩れる数秒前って感じでしょうか。お互いにかなり消耗していますが」

「都合が良いね。ならば彼女が標的から離れないように計らってくれ」

「――……それって、〝まとめて始末する〟って言ってますか」

「そうなるかい？」

　ギリィっと、思わず私は奥歯を噛み締めていた。

「そんなことをしたら、教会が勇者を撃ったたって騒ぎになりますよ……！」

「いいや、問題ないさ。勇者には神々の寵愛が掛かっているからね。僕らの祈祷術なんてその加護の前では全く以っての無力。――仮に彼の英雄が倒れる事になるのであれば、それは死闘の末に力を使い果たし、倒れるのだ。我々の裁きの前にではない」

「ッ……」

　分かっている癖に、クソ眼鏡は淡々と告げる。

　その〝神々の加護〟を発動させていた男は、もう――、「……篭絡云々は、どうなったんですか」「ケースバイケースさ。それに、仕事が一気に片付くなら本望だろう？」

　上司はただこれまでと同じように仕事を片付ければ良いだけなのだと私の背を押す。

　何の罪悪感を抱く事もなく、ただ、神の御意志に沿えば良いのだと。

「……神々の、お導きのままに」

一向に狼人の底が見える様子はなく、動けば動く程（ほど）にその身を削（けず）り続けているシオンには時間がない。その上、切り合う度に喰らいついている呪いは大きく育ち、蝕み、彼女の身体を縛（しば）ろうと暴れる。

怪物（かいぶつ）と呪い――。

その二つを相手にしながらも彼女は師匠（ヴァイス）と切り合っていた時とは比べ物にならない程の速度で襲い来る相手に、一撃一撃が空気を弾（はじ）けさせるほどの威力で打ち合い、躱（かわ）し、そうして必殺を狙っていた。

ただの一撃、捌き損（そこ）ねれば死が待っているというのに微塵（みじん）も臆する事なく。

ああなってしまえば第三者が割って入ることは難しい。生と死の狭間（はざま）で極限まで研（と）ぎ澄（す）まされていった世界には自分と相手しか存在せず、私はそこに追い付けはしないだろう。

失われた者達の為に。奪われて行くであろう者達の為に――。

彼等はただ、互いを殺す為に死力を尽（つ）くす。

そんな彼女を、見捨てろと、生贄（いけにえ）にしろと、神様は言う。

「ほんっ……と……、何考えてんだか」

神は、愚かだと思う。

――そして私も。

気付けば苦笑いを浮かべながらも彼女の元へと走っていた。祈りを捧げ、最低限の処置を施して、屋根を蹴る。何も余計な事は考えなくていい。だって私は最初から〝誰かの命を奪う事〟でしか生き永らえることが出来ないのだから。

「――――ッ、」

耳元で、上司が何かを叫ぶのが聞こえた。

聞こえたけど無視した。

もう、いい。いまはただ、間接的にではなく直接的に。

魔力は、媒介を通すよりも触れて流した方が強く繋がる――。だから、

「逝くが良いッ!!!!」「ぢッ……、」

私が踏み込む直前、シオンは突き出された爪先を刀身で受け流していた。

しかし、逆にそれらを押さえつけるようにして詰められ、剥き出しになった懐へと牙が襲い掛かる。幾多の戦士を噛み殺して来たであろう狂牙が。噛みつかれればそのまま噛み千切られてしまう一撃が。だから私は、「――はっ……、　あっ…………???　」

――彼らの間に身体をねじ込み、自分の右肩で鋭い牙を受け止めた。

自分の身体の中から、音が響く。

骨は砕け、肉が千切れる。

一瞬遅れて痛みが全身を駆け巡り、首筋に近い事もあって血が噴き出す。急激な血圧の低下は意識を持って行こうとする、――けどッ……、「シオンッ……!!!」私は自分の血で彼女を染めつつ左手で彼女に触れて、術式を発動させた。

「【破滅思考】」

全身全霊。文字通り、生存本能がある限り、使う事の出来ない生命力を魔力に変換して絞り出す禁呪。――反動により使用者の肉体を破壊する程の身体強化術。

それがシオンの身体を突き動かした瞬間、彼女の姿は私の視界から消えていた。

私が意識を失った訳じゃない。

彼女が、認識出来る速さを越えたのだ。

ただ、それに反応し、私を放り出して背後から迫る必殺の一撃に対応しようとした狼人は流石だと言わざるを得なかった。

「――本当に世話のかかる部下だ」

遠く、囁くような言葉と共に私が放った雷撃とは比べ物にならない程の衝撃が空を割って落ちて来た。

「―――――………………？？？」

目の前が真っ白になる程の落雷を喰らい、狼人の身体は一瞬麻痺する。

衝撃で、足場の建物は崩れ始めている。

「らぁあああああああああ!!!!」

そこを切り裂いたのはシオンだ。

光の中から現れた彼女は一直線にその身体を肩から脇にかけて斬り降ろし、そのまま身体を回転させて二度三度、その身体へと刃を振り放つ。

これで決めきれなければ、殺されるのは自分達だと分かっているからこその必死。

全身全霊を掛けて彼女は黒く染まった身体を切り裂き続け、そうして――、「アアアアアアアアアアァ！」初めて、白い獣は怒りのままに吠えた。

そうして、それに応えるかのようにシオンもまた叫び、最後の一撃を振り下ろす。

深く、深く突き刺さった剣先を、獣の表情で捩じった。

「――…………」言葉には為らぬ、命の弦が切れる感覚。

崩れ落ちる膝に、それまで繋ぎ止められていた魂と肉体を繋ぐ大切な何かが断ち切られたのだという事がハッキリと分かった。

重く、空を覆っていた雲にぽっかりと穴が空き、光が差し込んでいた。

そんな静寂を見上げ、狼人は静かに嗤う。

「神罰よ、……下れ。血に蔓延りし悪魔どもに、正義の、鉄槌を……」

そのまま呻き声一つ上げる事無く彼は倒れ、自らの作り出した血溜まりの中に沈む。

人を悪魔と呼び、神による処刑を白狼は最期に望んだけれど、空から差し込む光は勇者を祝福し、足元で沈む白狼はさながら悪魔のようだった。

まるで宗教画のような光景に暫くの沈黙の後、遠巻きに見守っていた人々からは歓声が上がった。

大歓声の中、いまにも泣き出しそうな顔で勇者が私へと振り返る。

そんな彼女の笑みを見て、私もまた膝から崩れ落ちた。

彼と同じように。

流れ落ちた、命だった物の中に。

「っ――……、」

違ったのは私を受け止め、抱きしめてくれる勇者がいた事だ。

大きく涙を浮かべ、ぽろぽろとそれを私の上に溢しながら何やら叫ぶ勇者サマの言葉をぼんやりと見上げる。思考が纏まらない。血を流し過ぎたのだ。音も聞こえなければ温度も遠のいていく。指先一つ、動かなかった。

自分という存在が消えていくのが分かる。

曖昧になって行く、自分と世界との境界線。

まるで自分が何かの一つになって行くようなこの感覚に、人間は神々の存在を見出したのかも知れないと思った。

だから――、……と、いうワケでもないのダケレド、

そう、言ってしまえば体に染みついたただの習慣として、

何かを想うという事もなく、ただ、それまでやって来たことの繰り返しとして、

私は、祈りを捧げた。

どうか、

＊　＊　＊　＊　＊　＊　＊　＊　＊

ただ、領地を守る為に。

ただ、家族を、仲間を守る為に振るい続けた結果、いつしか私は、〝将軍〟とまで呼ばれるようになっていた。

――天に届く牙。天牙将軍。

恥ずかしいから止めてくれと言った私を面白がって周囲が囃し立てた事が随分と昔の事のように思える。

「ああ……」

仕えるべき君主を失い、部下を失い、家族までをも失った私は、――そうして、自らの命すらも失おうとしている。思い出される栄光は遠く、いつの日か、奪われる事も知らず過ごした日々には、もはや戻る事は出来ない。

「――――………、」

愚かだ、……実に愚かだ。

目の前で私に剣を振るう英雄の瞳にもまた、奪われる事への畏れ、これ以上なにかを失う事への怯えと奪わんとするものへの憤りが滲んでいた。

それは戦士と呼ぶにはあまりにも弱々しく、英雄と呼ばれるにはあまりにも幼い――。

このような最期を、誰が望んだだろうか。
このような終わり方を、誰が願い描いたのだろうか……？

元より、失うモノを無くした命だ。奪われることに後悔などはない。
だが、しかし、……仮にもしも一つだけ、不条理を嘆くことを許されるのであれば、

「神罰よ、……下れ。血に蔓延りし悪魔どもに、正義の、鉄槌を……、」

そうしていつか、彼の者達が失意の中で泥に沈んでいくことを。己の罪の深さすら知らず、己を正義と信じて疑わぬ者達に、神の審判が下る事を。

――死の淵に際しても尚、存在を感じることはない神々に、祈った。

＊　＊　＊　＊　＊　＊　＊　＊　＊

7

夢の中で、一体の獣を見たような気がする。

家族を奪われ、仲間を失い、守るモノが無くなったからこそ、矛を置くことが出来ず、ただひたすら、その身を血で染め続けた男は自らの血の中に沈んでいった。

確かに彼らは恐ろしく、私達とは比べ物にならない程の力を有する化物だ。

しかし、その実、誰かを想うという点においては私達よりもずっと純粋な存在だったのではないだろうか……？

それ程までに彼らの呪いは熱く、激しかった。

彼女の為にその身を捧げた英雄のように、きっと彼らもまた、自身の守りたいものの為にその命を燃やし——、……そして、散って逝ったのだろう。

だからこそ、私はシオンに殺される白い獣を見て、心の何処かで——、

「アレはまさに聖母像だったよ。記録班に芸術班でも編入させておくべきだったね」

「……取り敢えず、着替えたいので出て行ってもらって良いですか」

教会のベッドで目覚めた私を出迎えたのは我が愛猫と、クソ眼鏡のどうでも良い世間話だった。おかげで何の夢を見ていたのかももはや思い出せやしない。

眠っている間に起きた事は知る必要があると思って黙って聞いていたのだが延々と続く無駄話にそろそろ眠たくなって来ていた。私の死に様なんてどうでも良いんですよ。結果的に生き延びたんだから。

「また奇妙なものを編み出したね？」

「何のことやら。どの道、祈りの範疇からは越えてませんよ。言うなれば奇跡です」

「なるほど、奇跡か」

「ええ、神様達からの贈物です」

宗教画にしたくなるほど神々しい光景だったのでしょう？　と付け加えるとそれ以上枢機卿は踏み込んでくることはなかった。——尤も、問題視する気もないのだろうが。

神への祈りを解明し、〝新たな奇跡を作り出す異端の異端審問官〟だなんて、そんなものを手元に置いているとバレれば彼の立場は危うくなる。

それでも、私をこうして囲っているのは利用できるからに他ならない。

「私がまだ、神々に見放されていないようで安心しました」

「そう？　僕は信じていたけど？」

嫌みのつもりで言ったのだがクソ眼鏡よろしく不敵な笑みで返されてしまった。

まじムカつく。

「……で。いい加減、私が気になっている事を教えていただいても宜しいですかね」

「ああ、なら役割を代わろう。実の所、ずっと心配してくれていたのだよ？」

「はい？」

そう言って椅子から立ち上がったかと思えばそれを合図に部屋の扉が開き、向こう側から誰かが姿を見せる。

誰か、などと言いつつも予感はあったのだけれど。

「……アリシア……？　起きたって……、アリシア、生きてるって……」

恐る恐ると言った風に入って来たシオンは枢機卿に目配せし、気を利かせた彼が部屋から出ていくと私の方へ歩み寄って来る。まるで亡霊でも見ているかのように。

「安心してください。生きてますよ」「よかったぁっ……！」「おおぅっ……？？」

突然駆け寄って来たかと思えば遠慮なく抱きしめられてしまい私は困惑する。

「な……、なんですか……？」

「僕のせいで君が死んだらどうしようって……、心配で心配でっ……。師匠も見つからないし……君まで逝ってしまったら僕はっ……」

　なにこれ？

「あー……あの、えっと、シオン、さん……？？　その、ご心配をお掛けしてしまったようで、申し訳、ございません……？？」「ありしあぁぁあああ」「あーっ……？？」

うーん……？　感極まり過ぎでは……？？

聞けば、私は三日三晩眠り続けていたそうで、医師によれば「このまま目が覚めない事も有り得る」とかなんとか診断もされていたらしい。

　そんなこと、あのクソ上司一言も言わなかった癖に。──死ね。

「ていうか、ヴァイスさん、見つかっていないんですか？」

「うん……」

一瞬、まさか、という考えも過ったが三日あってあの枢機卿の首が取れない訳がない。

本当に死んだのか、もしくは、「……大丈夫でしょう。あの方は死ぬような英雄様には見えませんでしたから」

　これは希望的観測でしかないのだけれど、あの程度の死線を潜り抜けられなくては英雄の肩書を得ることは出来ない。そして何よりも──、「……あそこの馬鹿は生きているのに、貴方の師匠が死んでいたのでは笑い話にもなりませんから」

　と、視線と嫌悪をぽいっと投げかける。

そこには全身黒尽くめから一転、包帯で白尽くめとなったカームが安置されていた。

静かに眠っている姿は死体に見えなくもなかった。別に死んでいてくれても一向に構わなかったのだけど、どうにもああいう奴に限ってなかなか死なない。私が神様を信じきれない一つの要因でもある。

あーあ、死なないかな。カーム。

第一、他にも負傷者は多くいるだろうから致し方無いとはいえ、カームと同室にされるとはどういう処置なのだろう。一応私は女で、花嫁なのですけど。実は彼奴も女性でしたとか、そういう事はないでしょうし――、……ないよね？

「……所で、狼人は、どうなりましたか」

話が横道にそれていたので修正する。

聞いたところでおおよそ予測はついているのだけど。

「広場に吊るされてるよ」「……ですよね」

恐らく共に襲撃を行った配下の魔族も一緒だろう。

騎士に討たれた魔族はその権威を表す為にもしばらくの間吊るされ、晒し物にされる。

ここクラストリーチは戦線よりも遠く、魔族の脅威に関してはあまり実感がなかった。

――だからこそ……、とも言える。

今回の襲撃でかなり多くの被害が出たハズだ。

その怒りの矛先として彼らの遺体は市民の団結を強め、それらを撃退した勇者と教会への信仰はより強固な物となる。

「…………」「……？　アリシア？」「……いえ、なんでも」

ただ、彼の私達に向けた恨みと、叫びに思うところがない訳でもないので少しだけ気持ちがざらつくのダケド。

シオンの為に枢機卿殺しを重ねたヴァイスと、身内を殺され、その復讐に駆り立てられた狼人とに違いがあったとは私には思えなかった。

あるとすればそれはヒトか、魔族か――。……そんなことを気にすること自体が異常で、実際、シオンは気にも留めていない。それが正しい。私が、神に背いているのだ。

「祈りを、捧げに参らねばなりませんね」

これが神の意思なのか、それとも誰かの思惑が重なり合った結果なのかは分からないが、私はまだ、見捨てられていないというのであれば、……私はまだ、神々にこの身を捧げる必要がある。

理にかなわない、狂ったこの世界で生き続ける為に。

「……？　シオン？」

何やら敏感に彼女の感情の揺れを感じ取ったような気がして私は尋ねる。

それまでも落ち着きは無かったのだが、何やら一段ともぞもぞし始める。

……トイレかな？

「アリシアは、さ。……どうして僕を守ったの？」「……ああ」

──彼女が勇者だからだ。

彼女が唯一の対抗手段であり、彼女を失っては勝機がなく、また、ああすることでしか襲撃者を上回る事が出来なかった。クソ上司の命令に背く形にはなったのだけど、現実問題、〝あの一撃〟を喰らっても尚、天牙将軍を討ち滅ぼすには至っていなかった。私達には勇者の力が、必要だったのだ。

……なんて、言ったら多分この子は、「あー……、」「あー……？」

上手く、言葉が出てこなかった。

シオンの目が何かを恐れていたからではない。私も同じように、彼女の前に身を投げ出した英雄の姿がチラついたからだ。

「……咄嗟に、身体が動いてしまったのですよ」

「……そっか」

それを聞いてシオンは苦笑し、寂しげに自身の爪先へと視線を下ろす。

「僕はあの人の盾になりたかったんだ。少しでも、恩返しがしたかったんだ……。なのにいつも迷惑かけてばかりで、魔王を討った時だってすっごく怒られてさ？　少しは負担を減らしたかったのに、上手く行かないもんだねっ……？　その上、アリシアにまで迷惑かけちゃって……、……勇者失格だ」

この子は、勇者である以前にまだ子供だった。

何度も刺客を送り込まれているというのに私の事を疑わないし、少し行動を共にしただけでこうして心を開いてしまう。

それが勇者と呼ばれる所以なのかは分からない。だが、魔族を討てる程の力を持っていながらここまで精神が幼い事はある意味危険でもある。

もし仮に、教会の、――上層部のような、私利私欲の為に組織を動かし、ヒト種の救世主である勇者を暗殺しようとするような者達に利用されるようなことがあれば、彼女はいとも容易く、その手のひらの上で転がされてしまうのだろうと。

教会がその道を選ばず、暗殺を選んだのは〝魔王を討った英雄が未熟な訳がない〟という先入観からだ。

生い立ちの殆どが謎に包まれており、分かっている事と言えば孤児院に身を寄せ、英雄と共に戦場で育った事。

それはつまり、親を知らず、また言い換えれば（あの英雄の態度を考慮すれば）彼女は、……シオンは、〝愛〟を知らない。

愛というものの存在は知りつつも、其れは自分に与えられるものだと思っていない。

神々の、寵愛を受けていると言われているのに。なんとも笑えない話だ。

「私は……、……シオンの味方です」

同情したわけではない。

あくまでもこれは彼女を殺す為。私の仕事を終わらせる為の策に過ぎない。

「貴方に死なれては、私が困るからですよ。貴方を守るのが、私の使命ですから」

「っ……」

なんとも、不憫な話だとは思う。

本当に愛してくれている人は彼女の前から姿を消し、偽りの愛を囁く女がその場所を奪い取るだなんて。これを許す神々は相当にどうかしている。

「ですから、貴方は――……」

私は、一体なにを告げようというのだろうか。

口をついて出た言葉の先を探してみるけれど答えは見つからなかった。

だから、苦し紛れに吐く言葉は言い訳のような、何の慰めにもならないものとなる。

「……シオンは何も間違ってません。誰かの死を望めば、誰かの死が付き纏います。それが自然の摂理で、神々がお決めになったルールでもあります」

決して一方的に命を奪い続けることなど出来はしない。その輪の中にあの狼人も、英雄も、そして私たちもいる。

だけど、もし、その輪の中から抜け出したいと願うのなら――、

「それとも、……勇者を、辞めますか？」

何気なく、冗談のつもりで提案したのだけれど。その言葉を聞いた時のシオンの表情で案外その道もアリなのかもしれないと思った。

ヴァイスが、シオンに厳しく当たっていたのも今なら分かる。

この子は、確かに勇者と称えられる程の技量と才覚を備えた〝殺しの天才〟なのかもしれない。しかしそれは、命を奪う事でしか生きていけない人種だという事ではない。

元々は、……いや、もしかすると今も尚、か。

優しい価値観の持ち主なのだろう。

嘗て育った孤児院の為に。そして、一人戦場を駆ける師匠の為に。

そうでなくとも命を狙われる街の人々を前にじっとはしていられない。

自らの為ではなく、他人の為に、業を背負うことが出来る。

他者を守りたいが為に振るわれる剣は善であるかもしれないが、それは自らを犠牲に捧げているのに等しい。

勇者と言えば聞こえは良いが、所詮は人の世の為の生け贄に他ならない。

そんな生き方を是とする弟子を、あの英雄は良しとはしなかったのだろう。

「……僕が剣を捨てれば、いま以上に命を落とす人が増える。それは、……駄目だ」

「どうして？」

「どうしてって、」

「所詮は他人ですよ」

少なくとも私は、私以外の人々の命などどうでも良い。

私は、私が生き残るために、教会の教えを守り、教会の意向に沿って、仕事をしている。

シオンのように、誰かを救う為ではない。

「少しばかり、……自分の命を軽く見ているのですね。貴方は」

師匠が頭を悩ませる訳ですよ。

「私は貴方がどのような境遇で育ったのかを知りませんが、貴方はもう十二分に役目を果たしたのですから、剣を収めることを覚えても良いと思いますよ。自らの為に」

そして、恐らくは彼もそれを望んでいたはずだ。

放っておけば独りで魔王を討ちに出てしまうような死に急ぐ子供を喜ぶ親はいない。たとえそこに血の繋がりがなくとも。

「……それは、アリシアの考え……？　……それとも、教会からそう言えって言われてたりするのかな」

「――………」

思わず、呆気に取られて呆けてしまった。

「どうなの……？」

心配そうに私を窺うシオンとは対照的に私は思わず笑い声を溢した。

なんのしがらみもない、気の抜けた笑い声を。

「ちゃんと疑えるんじゃないですか、シオンっ――」「なっ……」

私の返答をどう捉えたのかは分からないが、仰け反ったシオンの頬に手を伸ばし、そのまま頭を撫でる。ついでにすり寄って来たアタランテの首根っこもすりすりと。

「大丈夫。大丈夫です。きっと。貴方はきっと」

やっぱり、この子と一緒にいると孤児院で皆のお姉さんをしていた時の事を思い出す。

世話が掛かって目が離せなくて、自分には家族と呼べるものはいなかったけれど、もし仮に、妹という存在がいたとしたら、こういう感じなのかも知れないと思ってしまう。

「あの人はきっと過保護過ぎたんですね」

「え？　あ……うん……？？」

良く分かっていないようだけど、今はそれでよいのだろう。

私は着替(きが)えを済ませたいからと無理やり話を打ち切って彼女を追い出し、狸寝入(たぬきねい)りを続けているカームを腹いせに蹴(け)り落としてから窓に足を掛ける。

「何処(どこ)に行くつもりだい、シスター・アリシア」

尋ねる方が野暮(やぼ)ってものだろう。

第一、神の声が聞こえるのであれば分かっているでしょうに。

「少しばかり背徳行為(こうい)に。――今日ばかりは神々もお許しになってくれるでしょうから」

掲げられたのはへらへらとした右手だ。

我、関せず、と言った所か。

「恩に着ます」

カームにしては気の利(き)く事で。

私はアタランテをベッドの上に降ろすと、寝間着(ねまき)に外套(がいとう)を羽織っただけの姿で教会から跳(と)び出し、先ほどからどうにも私を呼んで煩(うるさ)い人物の元へと屋根を駆けて向かった。

屋根を蹴る度(たび)に骨が軋(きし)むような気がするが無視するわけにはいかないだろう。どうにも、急かされているようだから。

青く澄み渡った空の下。吹き抜ける風に外套をたなびかせながら彼が待っていたのは広場前にある鐘楼の上だった。

普段は市場が開かれている広場に活気はなく、何処か重い空気が流れている。その中心にあるのが十数体もの魔族の死体だ。中には家族を失った者もいるのだろう。それらを見上げる視線はぶつけようのない怒りを携え、足元の石を掴んでは投げつけ、奥歯を噛む。

彼はそんな様子を鐘楼の陰に隠れ、見つめていた。

「やはり生きていたのですね」

深く、外套のフードを被り、人の目に付かぬようにと顔を隠してはいるが何者かは明白だ。実は耳のピアスの通信機が鳴りっぱなしだった。――自動音声のように〝返して欲しけりゃ広場の鐘楼まで来い〟と、繰り返し、何度も何度も……。〝早く来い〟と。煩いったらありゃしない。顔に出さなかった私を褒めて欲しい。

「嬢ちゃんとこの枢機卿に助けられたんだよ。〝枢機卿殺害の容疑者討伐の御協力感謝します〟だとよ、あの似非眼鏡野郎。度、入ってないだろ、アレ」

悪態を付いた部分に関しては激しく同意する所なのだが。

「良かったじゃないですか。罪を擦り付けることが出来て」

「良いように利用されただけだろ」

命を助けられても尚、教会の事は気に食わないらしい。――まぁ、当たり前か。

「利用できるものはすべて利用する。……それが教会ですから」

「否定はしないさ。誰だって生き残るためにならそうする」

と、言いつつも今にもうちの上司を殴り殺しにでも行きそうな殺意を感じるのですけど、はてさて。……私は、平気ですよね？　ね？

「それにしたって、早かったじゃねぇか？」

「待たせて良かったのなら一旦戻ってちゃんと着替えて来ますけど」

「いんや、早いに越したことはねぇさ」

言って投げ返された経典を受け取るが「…………？？？」、――なにか、フードの下に良くないものが見えた気がして眉を寄せた。

「他人の物を持ち去っておいて、謝罪の一つもなしとは。一応特注品なんですよ、コレ」

軽口を叩きつつも経典を握り直すと、祈りの言葉を胸の内に唱える。それまでは風上で気付かなかったが、彼の英雄からは何やら〝妙な臭いが〟漂ってきていた。

以前の私ならその正体を見抜くことは出来なかっただろう。

しかし、いまとなってはその匂いの記憶は色濃く、脳裏に刻み込まれている。

「焦んなって。これを見せる為に呼び出したんだ。驚いて襲い掛かってくんじゃねぇぞ？」

　そうしてフードを外した英雄の顔は、一部が獣のように変質していた。

「実は魔族だった……、と言う訳ではなさそうですね」

「ああ。俺は生まれも育ちもれっきとした人間だ。混血でもねぇ。端的に言えば副作用だろうな。此処まで酷くなったのは最近だが」

「――血溜まりの蛮勇ですか」

「名付けは俺じゃねぇぞ？　シオンの奴だ」

　そのネーミングセンスに関しては飲み込むとして、「……どうりで急所に経典を打ち込まれても死なない訳です」文字通り、人間を辞めていた訳だこの人は。

「このことをシオンは？」「知らねぇよ。気付いてすらいねぇだろ」

「……そうではなくて」

　同じ固有技能を使っているのだとすれば彼女の肉体もまた――、「そんな顔をするな。浴びて来た血の量が違う」「…………」

　確かにこの人の通り名は〝鮮血〟。浴びて来た血の量が違うと言えばそれまでなのだろう。

　だが、彼の戦闘スタイルを真似た彼女もまたいずれは――、

「成る程、剣を置かせたい訳ですね」「だろう？」

どれ程の栄光を打ち立てることが出来たとしても、弟子を想えばこそ、その先に待っているのが破滅なのだと知っていれば戦場からは遠くに置こうとするのは当然だ。

「それも含め説明するのが義務だとは思いますが」

「言った所で、これなしで生き残れるほど甘くねぇさ」

「それも、……そうですね」

ヒト種がどれだけ身体を鍛えたからと言って、背中から切り裂かれ、瓦礫の下敷きになればもはや肉の塊。この男が生きているのは枢機卿の治療のおかげと言うよりも、身体の魔族化の方が要因は大きい。

――どうにも世界はそう優しく在ってはくれないらしい。

彼女はきっとこれからも血溜まりの中で人々の賞賛を浴びながらも多くの物を失い、その度に自らの無力さを嘆く事になるのだろう。

街の復旧には時間が掛かりそうだった。私たちが襲われた場所だけではなく、彼方此方の屋根が破壊され、塔が傾いている。そのまま引き起こすのは不可能だろうから、いったん解体して再建築か――、大変そうだ。私の管轄ではないけれど。

「治療法は?」

「さぁな。同じような固有技能を使ってる奴に出会ったことはねぇし、さっぱりだ。寧ろ、こういった事には嬢ちゃんの方が詳しいんじゃねぇのか？」

「買い被り過ぎです。それが可能なら貴方相手でも後れは取りませんよ」

「成る程ねぇ？」

なんか、腹が立つ。馬鹿にされた訳ではないと思うけど。

「話はそれだけですか」

「せめて首でも差し出していけとでも言いたげだな」

「……いまの貴方の首に何らかの価値があるとでも？」

この顔を見れば間違いなく騒ぎが起きるだろう。ヒト種の英雄であるはずのヴァイスが魔族の力を使っていた――、そんな噂が広まるならまだマシな方。〝彼の英雄は魔族であった〟だなんて噂でも広まれば、それを〝勇者〟として認定していた教会が責任を問われることになるだろうし、その首を運んだ私まで口封じに消される可能性がある。そうなったら何のために働いているのか分かったもんじゃない。

「まー、なんだ。……頼んだぞ」

「私の仕事はあの子の面倒を見る事じゃありませんよ」

「だが、殺す気もなさそうだ」

「はて」

どうにも詐欺師染みて来たなぁと我ながら飽き飽き。

神の名を騙る者は自然とそうなっていくのだろうか。

「利用価値がある。そう判断しての事だろうが、お前さんはこっち側の人間だよ」

「…………」

一方的に親近感を持たれても困るんですケド。

「私が返り血を浴びて喜ぶような狂人に見えますか？」「いねぇだろ、そんな奴」

いるんですよ。うちには。

……あれ、もしかしてこちら側の方がやばくないです？

「神様に従うフリして好き勝手するのは勝手だがな。それでも、自分の為じゃなく、他人の為にそれが出来る奴はそう多くねぇ。見返りだって割に合わねぇしな？」

「なら、私が従う道理はありませんね」

私は自分が可愛いのです。

「本当にそう思ってんなら、大した役者だよ」

「ああ、そうですか」

あー、もう。ムカつくなこの人。

「あの子はきっと貴方の背中を追い続けますよ」

だから少しだけ腹いせに言い返すことにした。
「貴方はあの子にとっての理想で、憧れだったのですから」
その英雄が志半ばで殺されたと為れば猶更。
その意思を継ごうとするだろう。その身を危険に晒し、人々の為に命を使う事を是とし、
それが呪いに身を蝕まれる行為だと知らせたとしても迷いはしないだろう。
あの子は〝勇者〟だから。
「そこントコも含めて、わりぃとは、思ってるんだぜ？」
それまで浮かべていた血生臭い表情からは打って変わり、まるで子を心配する親のよう
に寂しげな笑みで英雄は私を見ていた。
違う。私は決してそちら側の人間ではない。私は、私が死にたくないだけだ。自分の立
場を危険に晒してまで、誰かを助けたいだなんて決して思わない――。
今回だって祈りが上手く発動してくれたのでどうにか瀬戸際で踏み留まれたが、そこか
ら先は枢機卿に治療して貰えたからだ。そこに至る経緯が彼等の思惑によるものだったと
しても、私はどうしたって神様の恩恵を受ける事でしか生きてはいけない。
たとえ其れが私利私欲に利用されるだけの虚構の存在だと分かっていても。
「期待されても、困ります――」と、私がそう言った時には既に英雄の姿は無かった。

時計塔から跳び下り、壁を蹴ると屋根の上を跳ねる様にして去って行く後ろ姿だけが見える。まるで魔族そのもの。遠目に見れば私達が殺したあの白狼そっくりだ。

「言いたいことだけ言って……」

実に不愉快極まりない。

「…………はぁ」

空は青く、陰影の濃く出た街並みは破壊の痕が残りつつも人々の活気は徐々に戻りつつある。あんなことがあった後なのに、と思わなくもないが、きっとあれ程の事件があった後だからなのだろう。奪われた命を糧に、この世界は回り続ける。

奪われぬ為には、奪うしかない。

他人の命を、他者の想いを、踏み躙ってでも。生き抜く為に——、私たちは血を浴びるしかないのだ。それが、この世界の理であり、覆る事の無い真実なのだろう。

「……で、いつまで、そこで立ち聞きしているつもりですか?」

「おや……? 立ち聞きとは人聞きが悪い。部下が悪い狼に食べられないか心配で追って来たというのに」

塔の陰から姿を現したのは我が上司ことクソ眼鏡卿だった。

「流石神父様、息をするように嘘を——、……多分英雄も気付いていましたよ」

「空気を読んだんだね、彼も。僕と同じように？」

　言ってろ。

「これで勇者という駒に楔を打ち込みつつ、英雄にまで首輪を付けたワケですか……。もしかして最初からこの絵を思い描いていらっしゃったので？」

「いいや、全ては神々のお導きだ。神の祝福に感謝するとしよう、シスター・アリシア？」

　たぶんだけど、白々しくも祈りのポーズを取る上司を蹴飛ばしても、神様は何の文句も言わない気がする。……一応今回は命を救われたので見逃しますけど。

「魔王は和平を望んでいたそうですが、どう思いますか？　……どうせそれも盗み聞きしていたのでしょう？」

「はて、初耳だけど――……、そうだね。真相がどうであれ、いまとなっては確かめようのない過去さ。真実がどうだったとしても世界は何も変わらない。彼等と我々との間にある溝は、そう易々と埋まるものではないからね」

「……そうですね」

　その事実を、私は身を以って知った。

　魔族と人との根本的な性能の違い。

　種として、優れているのがどちらなのかという現実――。

「神様が滅ぼせと定められる訳ですよ」

教会が彼等を悪だと言って聞かせ広めるまでもなく、その脅威に晒されれば人は自ずとその結論に思い至るだろう。

自らに降りかかる火の粉を、燃え広がる前に消すように。

たとえその対象が〝人類の英雄〟だったとしても。

「神様は、随分と性格がお悪いことで」

無論、勇者様には言っていない。

あの時はそれどころではなくて聞こえていなかっただろうし、自分の行いが新たな火種を生む事になっていたとは聞きたくも無いだろう。

「どうせなら、私の知らない所で全部済ませてくれれば良かったのに」

そうしたら困るのは私以外の誰かさんで、私は何の面倒を引き受ける事もなく、死にかける事もなかった。

「随分と悲観的だね、君らしくもない」「疲れてんですよ」

ははは、と分かっているのかいないのか。分かっていての愛想笑いでしょうけども。

「彼の英雄も言っていただろう。今回、君は救ったんだよ。アリシア・スノーウェル。この街を、あの英雄達を。――それを君は誇るべきだ。神々による奇跡ではなく、君の手で引き起こした救済を」

「……流石は枢機卿。口先だけは達者なご様子で」

「部下のアフターケアも上司の仕事だからね☆」

「ケアになってませんけどね」

それに、私としては別段、変わったことをやったつもりはない。普段と同じで誰かを殺しただけ。違いがあるとすればそれは私の独断だったという事ぐらいだ。

初めて神様に背いて、自分の意志で、殺した。

神々が殺せと言った相手を生かして。

「…………………ふんっ！」

ニヤニヤと笑うクソ眼鏡に八つ当たりで経典を投げ付けて顔にめり込ませてやったが、鼻血は出てもメガネは割れなかった。いつか絶対に割ってやる――。

「安心してください。仕事はちゃんとこなしますよ。仕事ですから」

「そうだね。仕事だからね。まぁ、僕は何も言ってないし、心配してもいないのだけど？」

ムカつく。

――か、ら、「ふん!!!」

もう一発、今度は全力で殴ってみたけど今度は華麗（かれい）に空（くう）を切った。

それはもう情けない程、見事に。

「ははは、君はまだまだ花嫁(レディ)には遠く及(およ)ばぬようだね」「死ね!!」言って苦し紛れに二、三発蹴り飛ばしてやったけれどそれらは軽々と避(よ)けられてしまった。

「じゃ、僕は先に戻(もど)っているから」

そのまま逃(に)げる馬鹿――。

流石に追い掛ける気は微塵(みじん)も起きず、私は大きく溜息(ためいき)をついて再び街並みを見渡(みわた)した。

大きく破壊された人々の営み。奪(うば)われた、命。

人は神の眼を持たない。ましてや人の思惑で操(あやつ)れる範囲(はんい)など高(たか)が知れている。……だと言うのに、蓋(ふた)を開けてみれば対立関係にある派閥(はばつ)の枢機卿三人の首が飛び、サラマンリウス枢機卿の名の下に魔王幹部を討ち払(はら)った。

それだけではなく、英雄に貸しを作り、勇者を手元へと置いた。

それは偶然(ぐうぜん)だと言い切るには余りにも馬鹿馬鹿しい結末だ。

まるで神様の掌(てのひら)の上で転がされているような――、

「……馬鹿馬鹿しい」

所詮、錯覚(さっかく)だ。

教会が盛大(せいだい)に演出し、見せるような幻(まぼろし)の一つ。

神様が存在しないように、運命なんてものもこの世には存在しない。

私は偽りの言葉を綴った経典を握り直す。

吹き抜ける風には微かに血の匂いが残っていた。

眼下に広がるこの世界はあまりにも広く、手に負えない。

この世界を動かしているのは神様なんてものでは無く、そこに生きる者達の抱く幾多の思惑と、そこに絡む暴力だ。

そうして勝者のみが世界を描き直し、作り変えていく権利を得る。

言うまでもなく、分かり切った話だ。

あまりにも世界は広く、強大で、ヒトの身一つでどうにか出来るような代物でもない。

それは英雄と呼ばれる者達であっても同じであった。

ただ抗い、流されまいと足掻いた所で幾多の思惑が覆いかぶさった現実の前には無力でしかない。だからこそ私は花嫁で在り続けたいと思う。そうすれば生活は保障され、理不尽な暴力に怯える必要もない。薬指に着けた指輪は楔ではあるが、祝福でもあるのだ。

だけど、もし、もしも、そんな世界に刃を突き立て、切り開くことが出来る人物がいるとしたら、それは――、

「――……、」

……それこそ馬鹿げた妄想だ。

どうせ今頃は病室に私がいない事に気が付いて、慌てたりしている頃合いだろう。

「ホント、笑ってしまいますよね」

あの時、私の血を浴びたシオンは震えていた。

奪われる事を畏れ、これ以上何も奪われたくはないと。

だからこそ、彼女は奪う側に回ったのだろうし、恐らく、それは正しい。

神々に愛された英雄が全ての人々を救うだなんて物語はお伽話の中にしか存在しない。

現実はそう甘くはない。

奪われたくなければ、奪うしかないのは事実だ。

……ただ、その失う事を怯える彼女の顔が余りにも、――そう、余りにも世間で言う勇者像とはかけ離れ過ぎていて、可哀そうな女の子にしか見えなかったから、私は――、

「……いけませんね。神様は、どんな背徳も見逃さないのでしたっけ？」

考えは、断ち切る。

……利害は一致しているハズだ。神の教えにも背いてはいない。

利用できるものは利用する。それが教会の方法だというのであれば、その下僕たる私が従うのは何もおかしくはないだろうと言い切るのは、余りにも強引だろうか？

しかし、そんな風に教育したのは神々だ。

「――なんて、ね」

髪を撫で、吹き抜ける風が心地よかった。

目を細め、改めて世界の下らなさに思わず嗤ってしまった。


――私はあの英雄達のように血溜まりの中に沈みたくなどない。


この世に神様はいない。

救済など訪れず、祈った所で齎される奇跡は偽物だ。

だからこそ私は勇者に近づき、篭絡して、殺すしかないのだろう。

それが神々の御意志であり、私が神々の花嫁である限りは。


「勇者殺しの、花嫁として」

偽りの神々の名のもとに下される神託に従い、正義を成そうと思う。

——いまは、まだ。

《勇者殺しの花嫁【Ⅰ】 - 血溜まりの英雄 - 終》

あとがき

勇者殺しの花嫁1巻を手に取って頂き有り難うございます。

多くの方にとっては初めまして、一部の方にとってはお久しぶりです。

葵依幸という物書きでございます。

市場の需要も、世界情勢も無視してひたすら好きな所にボールを投げ続けていたら受賞、商業デビューと相成りました。驚きです。未だにタチの悪いドッキリだと思っています。

とはいえ、皆様の下にこうして本が届いているので事実らしいのですが、ほぁあ……。

さて、作家であれば作品で語れとも申します。故に、この場で綴るべきことは特にないのですが、何はともあれ一番自分の描きたい物語をお届けできる事になり、幸いです。

後はこのお話を手に取って頂いた貴方にお気に召して戴けたのなら作者冥利に尽きるというものなのですが、そこは販売サイトのレビューを震えながらチェックさせて頂きましょう。どうかお手柔らかに。出来る事なら優しくお願い致します。

レビュータイトルは「続刊希望」、内容には「シュレーディンガーのパンツ」を。

詳しくは語りません。伝われ。

さて、本編をページ数ギリギリまで書いてしまったせいでページが無いので謝辞を。

まずはこのような需要があるのかも分からぬ物語を幾多の応募作の中から摘まみ上げ、人の目に触れさせても良いと判断して下さったHJ文庫・ノベルス編集部の皆様、お礼申し上げます。世に送り出して頂いた恩に報いられるよう、頑張ります。

また、担当編集の小林様、リンリン様。勢い任せで脇の甘い作風に容赦なく棍棒を叩き込み、創作の喜びを思い出させるキッカケを作って下さり、ありがとうございました。我流で書き続けて来た分、変な癖と拘りばかりでご面倒をお掛けしておりますが、これからも全身全霊で荒れ球を投げる所存ですのでどうにか拾って頂ければ幸いです。

そして、細かい注文を押し付けたのにも拘らず、私の想像を遥かに超えるイラストを描き下ろして下さったEnji様。アリシアのキャラデザを見た瞬間、一気に作品の世界観が広がったように感じました。もう頭が上がりません。土下座でお礼申し上げます。

最後に、この本を取って下さった皆様。本当にありがとうございました。

物語は始まったばかり、何処まで書き続けさせて頂けるのか今現在では不明（どころか大抵は2巻3巻で打ち切りが当然と言う世界）ですので神様にでも祈るしかないのですが、頼るべき神々が存在しないこの世界では皆さまだけが頼りでございます。

どうか、ダイレクトマーケティングにご協力を（おい

2巻のあとがきでお会いできることを願って。

葵依幸

教会内で新たな連続暗殺事件が発生!!
事件の調査と聖女の護衛を依頼されたアリシアとシオンは聖都へ向かう。

そこで目にしたのは、〝悪魔憑き〟と呼ばれ〝獣の特徴〟を有する子供たちの迫害現場と彼らを保護する〝盲目の聖女〟の姿。

慈悲深い聖女の不思議な魅力にシオンは惹かれていく。

一方、アリシアは事件の犯人を名乗る人物から接触を受けた。

曰く、暗殺者の使命は教会内部に潜んでいる魔族の駆除で、次の標的は〝聖女〟だと宣言し――!?

魔族と人間の
真相に迫る第2巻！
勇者殺しの
花嫁
II
―盲目の聖女―
今春発売予定！

勇者殺しの花嫁 I

- 血溜まりの英雄 -

2024年1月1日　初版発行

著者――葵依幸

発行者―松下大介
発行所―株式会社ホビージャパン

〒151-0053
東京都渋谷区代々木2-15-8
電話　03(5304)7604（編集）
　　　03(5304)9112（営業）

印刷所――大日本印刷株式会社

装丁――小沼早苗（Gibbon）／株式会社エストール

Printed in Japan

ISBN978-4-7986-3384-8　C0193

ファンレター、作品のご感想お待ちしております

〒151−0053　東京都渋谷区代々木2−15−8
(株)ホビージャパン HJ文庫編集部 気付
葵依幸 先生／Enji 先生

HJ文庫毎月1日発売！

第三皇女の万能執事 1

世界一可愛い主を守れるのは俺だけです

著者／安居院 晃
イラスト／ゆさの

毒舌万能執事×ぽんこつ最強皇女の溺愛ラブコメ！

天才魔法師ロートの仕事は世界一可愛い皇女クレルの護衛執事。チョロくて可愛い彼女を日々愛でるロートの下に、ある日一風変わった依頼が舞い込む。それはやがて二人の、そして国の運命を揺るがす事態になり——チョロかわ最強皇女様×毒舌万能執事の最愛主従譚、開幕

発行：株式会社ホビージャパン